话说浙江·绍兴

风光数会稽

丛书编写组 编

浙江古籍出版社

编纂指导工作委员会

主　任：赵　承

副主任：来颖杰　虞汉胤

成　员：(按姓氏笔画排序)

　　　　丁如兴　邓　崴　申中华　叶伯军　叶国斌
　　　　吕伟强　刘中华　芮　宏　张东和　金　彦
　　　　施艾珠　黄海峰　程为民　潘军明

专家指导委员会

主　任：陈尚君

成　员：(按姓氏笔画排序)

　　　　吴　蓓　尚佐文　陶　然　葛永海

本册编写人员(按姓氏笔画排序)

　　　　方俞明　孙晓磊　邢蕊杰　李圣华　张玖青
　　　　张建军　何鸣雷　郑　骥　侯健明　徐子敬
　　　　黄灵庚　梁苍泱　曹建国　谢一丹　潘伟利

总　序

　　中国诗歌源远流长，姿态丰盈，溯其初始，皆以《诗三百》为中原之代表，以《楚辞》为南方的代表，浙江偏处东南，似皆无预。其实，万年上山遗址被誉为"远古中华第一村"，良渚遗址是实证中华五千多年文明史的圣地，越州禹庙的存在，知古越人对以编户齐民到三皇五帝传说之形成，也不遑多让。越地保存的《弹歌》："断竹，续竹；飞土，逐宍。"记录初始人民与百兽竞逐的生存状态，有可能是中国保存最早的古诗。而时代不晚于战国的《越人歌》，以"山有木兮木有枝，心说君兮君不知"的天籁之音，表达古越人两心相悦、倾情诉述的真意。从南朝时期的《阿子歌》《钱唐苏小歌》中，还能体会到古越民歌这种明丽之声的赓续和弘传。

　　秦并六国，天下设郡，会稽郡为三十六郡之一，也为越地州郡之始。到有唐一代，今浙江境内设有十州，虽历代区划皆有调整，省境规模大致底定。十一市的格局虽确定于晚近，但各市历史上无论称郡称州称府，无不文明昌盛，文士群出，文化发达，存诗浩瀚。就浙江在中华文化版图中日显昭著的地位而言，我们可以提到几个很特殊的时期。一是西晋末永嘉南渡，大批中原士族客居江南，侨居越中，越中山水秀丽，跃然于文化精英的笔端："千岩竞秀，万壑争流，草木蒙笼其上，若云兴霞蔚。"山阴道上，剡溪沿流，留下大量珍贵记录。南北对峙，南朝绵续，越地经济发展，景观也广为世知。二为唐代安史乱后，士人南奔，实现南北文化的再度融合。中唐伟大诗人白居易、韩愈、柳宗元、刘禹锡皆出身于北方文化世家，但出生或成长在江南。浙江东西道之设置将今苏南、浙江之地分为两道，其文化昌盛、诗歌丰富，已不逊于中原京洛一带。三是唐末大乱，钱镠祖孙三代割据吴越十四州，出身底层而向往士族文化，深明以小事大之旨，安定近百年，不仅使其家族成为千年不败、人才辈出的文化世家，也为吴越文化造就无数人才。四是靖康之变，宋室南渡，定都临安即今杭州，更使浙江成为全国的政治经济文化中心。此后九百年，浙江在全国举足轻重的地位，历经江山鼎革，人事迁变，始终没有动摇。

浙江人杰地灵，文化繁荣，山水奇秀，集中体现在每一时代、每一州郡，皆曾出现过一流人物，不朽著作，杰出诗篇。"诗话浙江"的编著，即以省内十一市域各为单元，选编历代最著名的诗篇，以在地的立场，重视本籍诗人，也不忽略游宦客居之他籍人士，务求反映本土之风光人情，家国情怀，文化地标，亲历事变，传达省情乡情，激发文化自信，培养乡土情怀，增进地方建设。

唐人元稹有"天下风光数会稽"（《寄乐天》）之句，引申说天下山水数浙江，应该不会有人反对。东晋孙绰《游天台山赋》以全景式的鸟瞰写出天台山之俊奇雄秀，王羲之约集家人朋友高会兰亭，借山水寄慨，是越中诗赋写山水之杰作。广泛游历，寄情山水，留下众多诗篇的刘宋大诗人谢灵运，以诗作为山水赋予了灵魂。本套丛书中杭州、绍兴、台州、温州、丽水、金华诸册，皆收有谢诗，如"林壑敛暝色，云霞收夕霏"之绚烂，"白云抱幽石，绿篠媚清涟"之妩媚，"明月在云间，迢迢不可得"之企羡，"池塘生春草，园柳变鸣禽"之惊喜，"乱流趋正绝，孤屿媚中川"之特写，"石浅水潺湲，日落山照曜"之素描，"崖倾光难留，林深响易奔"之观察，无不在瑰丽山川描摹中投入自己的真实情感，开创了山水诗的无数法门。此后的历代诗人，无论名气大小，游历深浅，无不步武谢诗，传达独到的观察与体悟，留下不朽的诗篇。

浙江各市皆有标志性的名山秀水，且因历代官民之开拓建设，历代文人之歌咏加持，而得名重天下。以旧州名言，台州得名于天台山；明州得名于四明山；处州本名括州，因括苍山得名，避唐德宗名而改；湖州得名于太湖。南湖烟雨，孕育出以朱彝尊为代表的浙西词派。西湖名重天下，离不开白居易和苏轼两位大诗人任职时的建设疏浚，更因他们写下无数脍炙人口的名篇而广为世人所知。有些名山云深道险，如雁荡山，弘传最有功者为唐末诗僧贯休，以兰溪人而得广涉东瓯名山，"雁荡经行云漠漠，龙湫宴坐雨蒙蒙"（《诺矩罗赞》）二句极其传神，此后方为世重。类似例子还有很多，读者可从全套丛书中细心阅读，会心感悟。

其实，山灵水秀触发了诗人的灵感，诗人的名篇也促使了人文景观的升华。兰亭是众所瞩目的名胜，还可以举几个特别的例子。南朝诗人沈约出任东阳太守期间，在金华建玄畅楼，常登楼观景抒情，更特别的是他还写了与楼相关的八首抒情长诗，世称《八咏诗》，名重天下，后人更将玄畅楼改名八咏楼，成为有名的故事。衢州烂柯山又名石桥山、石室山，因南朝任昉《述异记》云东晋王质入山砍柴迷路，遇二童子对弈，着迷而耽搁许久，欲归而发现斧柄已烂，从此有烂柯之名，且因此而成为围棋仙地。缙云仙都山以鼎湖峰最为著名，因其拔地而起高达一百七十多米的石柱而备受关注，传为黄帝置鼎炼丹或飞升处而知名，更成为国内著名的黄帝祭祀地，历代相关诗歌也很多。在历代诗人的共同努力下，浙江各市皆形成了有全国重大影响的山水名区与文化地标。近年在国内外有重大影响的浙东唐诗之路，借用唐代诗人宋之问《题杭州天竺寺》"待入天台路，看予度石桥"所言，即其起点是杭州（也有说法具体到渔浦潭），东行经绍兴、上虞，至剡溪经新昌、嵊州，目的地是天台山，沿途著名景点有镜湖、曹娥庙、大佛寺、天姥山、沃洲山、石梁飞瀑、国清寺等。六朝至唐的另一条诗路，则是从杭州溯钱江而上，经富阳、桐庐、兰溪、金华、丽水、青田而到温州，沿途名区也不胜枚举。近年经学者研究，唐诗之路其实遍布浙江的各个由水路和陆路形成的人文景观，在古迹复原、石刻调查、摩崖寻拓、驿路搜索等方面，都有许多新的发现，在此不能一一叙述。

浙江民风淳朴，勤劳奋发，但也有慷慨悲歌、报仇雪耻的另一面。春秋时代的吴越相争，槜李之战就发生在今嘉兴。后越王勾践在国破家亡之际，忍辱负重，卧薪尝胆，终得复国。浙江历代无数仁人志士，为国家民族生存，为乡邦安宁发展，曾做过许多可歌可泣的努力。舟山在浙江偏处边隅，有两段往事尤可称诵。一是南宋初金人南侵，宋高宗避地舟山，在海上漂泊数月，方得保存国脉。二是明清易代，浙东抗清武装退居海上，张煌言以身许国，以舟山为重要支点，坚持斗争，所作《翁洲行》倾诉了满腔爱国激情。同时陈子龙、顾炎武都有声援诗作。吴伟业所作《勾章井》写鲁王元妃的以身殉国，也可见其情怀所系。近代中国剧变，浙江受冲击尤剧，本书收入龚自珍、左宗棠、郭嵩焘、蔡元培、秋瑾、鲁迅等人诗作，分别可以看到有识之士在世变中对自改革的呼吁、守卫国家领土的努力、放眼看世界的鸿识、反抗清王朝的革命，以及创造新文化的勇气。虽然人非皆浙籍，诗或因他故，他们的功绩是应该记取的。

浙江海岸线漫长，自古即多良港，由于洋流的原因，日本遣唐使和学问僧多以越、明、台、温四州为到达和返国之地。名僧最澄、空海、圆仁、圆珍都在诸州广交友人，广参名僧，访求典籍，体悟佛法，归国后分别弘传天台宗和真言宗（空海在长安得法于青龙义操），写就中日文化交流的重要一笔。圆珍在中国的授法僧清观，曾寄诗圆珍，有"叡山新月冷，台峤古风清"（全篇不存）二句，传达中日佛教界的血脉亲情。宋元之间的一山一宁、无学祖元，再度东渡，在日本弘传临济禅法。至于儒学东传，特别要说到明清之际的朱之瑜（舜水），在长期抗清斗争失败后，他东渡日本，受到江户幕府的热忱接纳，开创水户学派，弘扬尊王攘夷的学说，成为日本后来明治维新的重要思想资源。至于宁波开埠以后西学的传入，也可从许多诗作中得到启示。

至于浙江对中国学术文化的贡献，可讲者太多，大多也可在本套丛书中读到。先从天台山说起。佛教天台宗创始于陈隋之际的智者大师智𫖮，其辨教思想与天台法理，皆使佛教中国化达到了空前高度。数传而不衰，更在日本发扬光大。天台道教则以桐柏宫为最显，司马承祯为宗师，与茅山、龙虎山并峙为江南三重镇。缙云道士杜光庭避乱入蜀，整理道藏，贡献巨大。寒山是天台的游僧，他书写于山岩石壁上的悟道喻世诗作，由道士徐灵府整理成集，流传不衰，并在现代欧美产生广泛影响。道士而为僧人整理遗篇，恰是三教和合的佳话。至于宋末元初三大家王应麟、胡三省、马端临，皆生长著述于浙东，而清初三大启蒙思想家中的黄宗羲也是浙人。黄宗羲子黄百家，更是中国弘传哥白尼日心学说之第一人。更应说到宋陆九渊、明王守仁倡导的儒家心学一派，明末影响巨大，至今仍受广泛注意。至于朱子后学如慈湖杨简、东发黄震，亦曾名重一时。本套丛书以介绍诗词为主，于学术文化亦颇有涉及，读者可加以关注。

浙江物产丰饶，各市县乡镇都有各自的特产与名品。如果举其大端，则为茶、绸、果、笋。茶圣陆羽是今湖北天门人，但他成名则在今湖州与江苏常州共有的顾渚茶山。陆羽不仅致力于茶的采摘与制作工序，更讲究茶的烹煮和水的选择，曾设计组合茶具套装。陆羽存诗不多，但湖州历代咏其茶艺之诗络绎不绝。白居易《缭绫》写越州所贡罗绡纨绮，有"应似天台山上月明前，四十五尺瀑布泉"的描述，进而质问："织者何人衣者谁？越溪寒女汉宫姬。"直至近代，湖丝、杭绸一直广销世界。浙江果蔬丰富，如余姚杨梅、黄岩蜜橘、嘉兴槜李、湖州莲子、绍兴荷藕，皆令人齿颊生津，品啖称快。竹林遍布浙江，既可采以制作器具，又可食其初笋而得天然美味。宋初僧赞宁撰《笋谱》，主要采样于天目山笋。古代文人以竹取其高雅，食笋更见其清新出俗，在诗中也多有表达。

本套丛书由中共浙江省委宣传部策划指导，十一个市委宣传部组织编写，由浙江古籍出版社出版。各市对地方文献及历代诗歌皆有长期积累与研究，故能在较快时间内完成书稿，数度改易增删，以期保证质量。然而从浙江历代浩瀚的典籍中选取为一般读者喜闻乐见的作品，叙述作者生平事迹，准确录文并解释，深入浅出地品赏分析，实在不是一件很容易的事情。出版社邀请省内专家审稿，提出问题疑点，纠正传本讹脱，皆已殚尽心力。比如明唐胄的《衢州石塘橘》诗中"画舫万笼燕与魏"，与下句"青林千顷鹿和狮"比读，初以为指牡丹，但"燕"字无着落，经反复查证，方知"燕与魏"指燕文侯、魏文帝关于柑橘的两个典故。再如文天祥经温州所写诗，通行本作"暗度中兴第二碑"，中兴碑当然指湖南浯溪颜真卿书元结《大唐中兴颂》，然"暗度"该作何解？经查明刻本《文山先生全集》收的《指南录》作"暗读"，诗意豁然明朗，即文天祥在人生最困难的时刻，仍然没有放弃奋斗的目标，希望大宋再度中兴。

  我们深知，作者与编辑发现并妥善解决的疑点，只是众多存疑难决问题中的一部分。整套书希望给读者提供一份浙江各地诗词的丰盛大餐，但烹制难以尽善尽美，肯定还有不足之处，敬俟读者批评指正，以期后续修订完善。

陈尚君

2024 年 11 月

前　言

绍兴拥有两千五百余年建城史，襟带江海，山川灵秀，是於越民族活动的中心和越文化的发源地，已有近万年文明史。禹会诸侯，江南计功，始命曰会稽。隋、唐称越州，南宋改绍兴，领会稽、山阴、萧山、诸暨、余姚、上虞、嵊、新昌八县。

自勾践称霸，越文化始兴。晋室东渡，越中人文蔚兴。自六朝至唐、宋，历元、明、清，以至晚近，绍兴为东南大都会，社会富庶，人才辈出，著述冠于江南。中华人民共和国成立后，绍兴被列入国家首批历史文化名城，入选东亚文化之都，成为全国知名的名士之乡、书画之乡、江南水乡、古桥之乡、黄酒之乡。越文化以其旺盛的生命力，与浙学共同构成浙江文脉的主流，推动了中华文明的进程。绍兴不愧为东南山水之窟、文学渊薮、学术高地。

越中山水，清秀苍润。其山有会稽山、兰亭山、卧龙山、龟山、蕺山、吼山、东山、秦望山、宛委山、云门山、金庭山、石城山、沃洲山、天姥山，虽非穿窿甚峻，而灵山秀绝，可拟蓬阆。其水有八百里镜湖，若耶、剡溪、曹娥、浦阳江诸流，山水交织如画。越中既为山水名区，复盛产名士。故士人选幽探胜，慕贤问道，多乐趋之。览朝岚夕霏，寻往贤旧迹，怅怀茂德，歆慕风雅，或仰观宇宙之大，欣悟惠风和畅，茂林修竹之美，其乐何极！

"山水含清晖"，越中诗词与山水相映发。《诗经》无越人之歌，其时江南文物未盛。晋室东渡，山川秀气始得渐舒。兰亭修禊、东山雅集、康乐赋咏开启风气，也揭开江南文学崛兴的序幕。六朝越中风雅之盛不下竹林、正始。唐代行旅诗人不计，越中有贺知章、严维及流寓方干诸名家。宋代陆游称大家，"诗为中兴之冠"（陈振孙《直斋书录解题》），"放翁体"自成一家言。元明清三代，作者如林，尤盛于晚明清初。明中叶，阳明学人诗与吴中才子诗、李何复古一派鼎立为三。嘉靖间，徐渭、沈炼等号"越中十子"，徐渭诗具"王者气象"。隆万以后，陶望龄为公安派副将，王思任、张岱、刘宗周、倪元璐、祁彪佳标举越中风雅，自树坛坫。明末清初，蕺山、梨洲门人遍东南。越风随之激荡，所谓浙诗之盛，越中实为主导。

　　本书以历史上与绍兴有关诗词为载体，呈现浙江历史、社会、人文、风土、民情，尤关注浙江文脉、越文化精神。绍兴自然、山水、人文高度交融，其历史人文在诗词中也独具形态。

　　绍兴的历史沿革、自然风貌、人文景观，促成了地域特色鲜明的文学形态。就诗词题材来说，可分为两大类：自然景观有鉴湖，剡溪，若耶溪，会稽山，兰亭，城中三山（府山、龟山、蕺山），柯岩，东山，宛委、云门、秦望、沃洲诸山等；人文风物有沈园诸园林，云门、龙华、天章、大善、平阳、大佛诸寺，古宅古桥，禹陵、宋六陵诸陵，曹娥、西施、贺监、陆游、阳明诸名人遗迹，方干、范仲淹诸流寓、名宦，王、谢诸望族，古越国、吴越国、宋高宗驻跸、鲁监国诸史，剡纸、老酒、日铸茶诸风物特产等。越中自然与人文相交织，故景观多有典故，如曲水流觞、道经换鹅、羲之题扇、东山再起、雪夜访戴等。各类赋咏均成一宗，自成诗史。

越中山水、人文，可谓尽善尽美。历代咏绍兴诗词逾十万首，大家名篇络绎纷呈，当得上名山名水、名人名士、名事名迹，构成一幅绚丽多姿、内蕴丰厚的诗词画卷。我们由此可深切感受和发现越中自然的美，体会其文脉流长、学脉发达、文化璀璨的景况，领悟越文化深邃的内涵，胆剑气骨的意蕴，以及浙学崇实黜虚、经世致用的文化精神。同时也可感受历代文人对越中及浙江山川、文脉的认同接受和传承，以及他们卓越的诗词才华、真挚动人的情感。兹编略做探释，庶几窥一斑以想见全豹。

本册编写组

2024年11月

目　录

先　唐

无名氏
　　越人歌……………………………………… 003
无名氏
　　越谣歌……………………………………… 005
王羲之
　　兰亭诗……………………………………… 007
王彪之
　　登会稽刻石山诗…………………………… 010
谢　安
　　兰亭诗……………………………………… 012
王徽之
　　兰亭诗……………………………………… 014
帛道猷
　　招道壹上人居云门………………………… 016
谢灵运
　　石壁精舍还湖中作………………………… 018

过始宁墅………………………………………… 020
谢惠连
　　泛湖归出楼中玩月………………………………… 023
孔稚圭
　　游太平山…………………………………………… 026
王　籍
　　入若邪溪诗………………………………………… 028
庾肩吾
　　三日侍兰亭曲水宴诗……………………………… 030

唐五代

辨　才
　　设缸面酒款萧翼探得来字韵……………………… 035
骆宾王
　　早发诸暨…………………………………………… 037
宋之问
　　泛镜湖南溪………………………………………… 040
贺知章
　　回乡偶书…………………………………………… 042
　　采莲曲……………………………………………… 043
张　说
　　题金庭观…………………………………………… 045

孟浩然
　　济江问舟人……………………………………047
　　耶溪泛舟………………………………………048
孙　逖
　　登越州城………………………………………050
崔　颢
　　舟行入剡………………………………………052
李　白
　　梦游天姥吟留别………………………………054
　　越中览古………………………………………058
杜　甫
　　遣兴五首（其四）……………………………060
张　继
　　会稽郡楼雪霁…………………………………062
严　维
　　宿法华寺………………………………………064
皎　然
　　宿法华寺简灵澈上人…………………………066
顾　况
　　剡纸歌…………………………………………068
秦　系
　　题镜湖野老所居………………………………070

陆 羽
　　题会稽剡溪……………………………………… 072

耿 沣
　　登沃州山………………………………………… 074

朱少端
　　送空海上人朝谒后归日本国…………………… 076

孟 郊
　　越中山水………………………………………… 078

白居易
　　酬微之夸镜湖…………………………………… 080

章孝标
　　曹娥庙…………………………………………… 082

李 绅
　　东武亭…………………………………………… 084

刘禹锡
　　送元简上人适越………………………………… 086

元 稹
　　寄乐天…………………………………………… 088

赵 嘏
　　九日陪越州元相宴龟山寺……………………… 090

方 干
　　镜中别业（其一）……………………………… 092

罗　隐
　　西　施……………………………………………094
鱼玄机
　　浣纱庙……………………………………………096
吴　融
　　题越州法华寺……………………………………098

宋　元

范仲淹
　　题翠峰院…………………………………………103
晏　殊
　　忆越州二首………………………………………105
张伯玉
　　会稽山……………………………………………107
苏舜钦
　　大禹寺……………………………………………110
赵　抃
　　寄酬前人上巳日鉴湖即事（其一）……………112
曾　巩
　　忆越中梅…………………………………………115
王安石
　　若耶溪归兴………………………………………117

苏 轼
登越州城楼 ························· 118

苏 轼
送钱穆父出守越州二首（其二）··············· 120

苏 辙
次韵题画卷四首 雪溪乘兴 ················· 122

秦 观
望海潮 ··························· 125

曾 几
述侄饷日铸茶 ······················· 128

王十朋
马太守庙 ························· 130

喻良能
夜发曹娥堰 ························ 132

陆 游
游山西村 ························· 134
沈园二首 ························· 137

杨万里
记丘宗卿语绍兴府学前景 ················· 139

朱 熹
水调歌头 范蠡祠 ····················· 141

辛弃疾
汉宫春 会稽秋风亭怀古 ·················· 144

汉宫春 会稽蓬莱阁观雨 …………………… 146
姜　夔
　　　汉宫春 次韵稼轩蓬莱阁 …………………… 148
高　翥
　　　兰　亭………………………………………… 151
刘克庄
　　　曹　娥………………………………………… 153
周　密
　　　西江月 怀剡 ………………………………… 155
林景熙
　　　冬青花………………………………………… 157
唐　珏
　　　冬青行（其一）……………………………… 159
张　炎
　　　忆旧游 登蓬莱阁 …………………………… 162
谢　翱
　　　冬青树引别玉潜……………………………… 164
袁　桷
　　　越船行………………………………………… 167
王　冕
　　　过兰亭有感…………………………………… 169

杨维桢
    镜　湖…………………………………………… 172

明　清

宋　濂
    越女谣…………………………………………… 177

刘　基
    会　稽…………………………………………… 179

高　启
    夜发钱清………………………………………… 181

王守仁
    兰亭次秦行人韵………………………………… 183
    登香炉峰次萝石韵……………………………… 184

季　本
    宋六陵…………………………………………… 187

徐　渭
    镜湖竹枝词（其一）…………………………… 189

周汝登
    子猷桥…………………………………………… 191

袁宏道
    初至绍兴………………………………………… 193

刘宗周
  采蕺歌 有序 …………………………………… 196

张　岱
  穵石歌………………………………………… 199

陈洪绶
  诸暨道中……………………………………… 201

祁彪佳
  立夏日谢简之诸公社集寓园三首（其一）…… 203

黄宗羲
  青藤歌………………………………………… 205

顾炎武
  宋六陵………………………………………… 209

施闰章
  南明山大石佛………………………………… 211

毛奇龄
  望海潮 越中怀古同秦淮海韵 ………………… 213

查慎行
  山阴道中喜雨………………………………… 216

商　盘
  忆越中旧游诗 张氏龙吟山房 ………………… 218

袁　枚
  立夏日过天姥寺……………………………… 221

李慈铭
　　夜沿官渎诸水村至东浦得两绝 ············· 223
蔡元培
　　赋得涛白雪山来 ····················· 225
秋　瑾
　　宝剑篇 ························· 228
周树人
　　自题小像 ························ 231

参考文献 ···························· 233
后　记 ····························· 238

浙江诗话

先唐

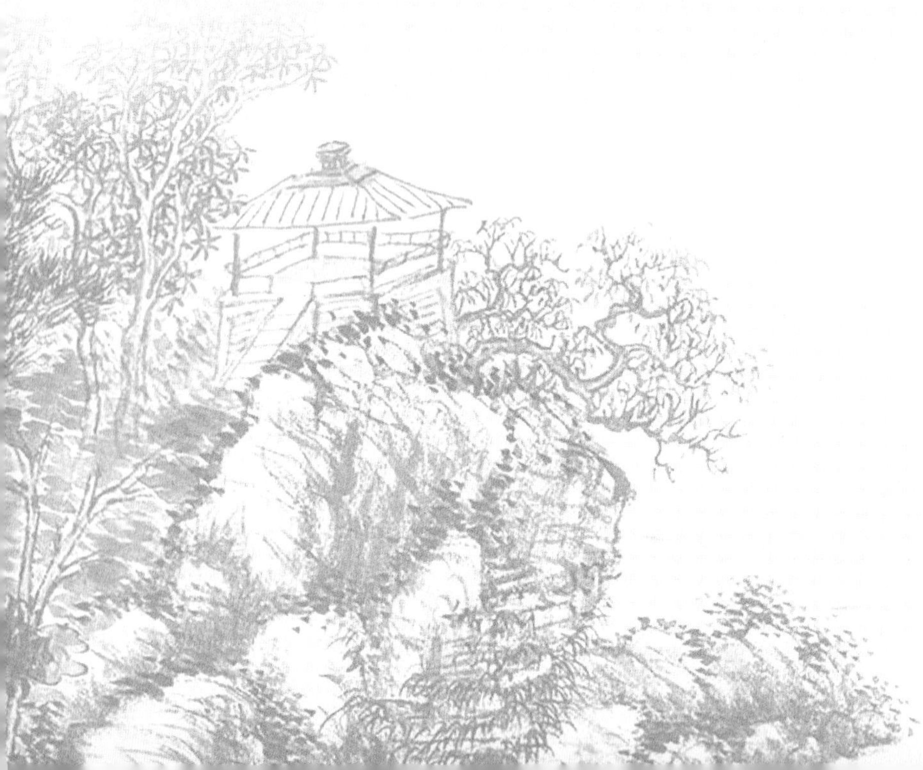

无名氏

越人歌[1]

今夕何夕兮，搴舟中流。[2]

今日何日兮，得与王子同舟。[3]

蒙羞被好兮，不訾诟耻。[4]

心几顽而不绝兮，得知王子。[5]

山有木兮木有枝，心说君兮君不知。[6]

（《说苑校证》卷一一）

注 释

[1]越人歌：即春秋时期越国人的歌谣。这首歌谣原本是楚王之弟鄂君子晳泛舟于水中，越人船夫拥楫而歌，用古越语唱出，以表感激、敬仰之情。子晳不通越语，故将其翻译成楚语，记录流传下来。 [2]搴舟：荡舟。搴，拔。"舟"一作"洲"，搴洲，即采洲之芳草。中流：江河中央，水中。 [3]王子：指鄂君子晳。楚公子黑肱，字子晳，春秋时期楚共王之子，楚康王之弟。 [4]蒙羞：心怀羞惭。羞，难为情，惭愧。被好：身蒙荣幸。被，同"披"，覆盖。訾：诋毁，指责。诟耻：耻辱。 [5]心几：犹心计，内心思虑。顽：愚顽。 [6]说：同"悦"，喜悦，引申有敬仰之意。

赏 析

《越人歌》以优美的歌辞、有序的章法,真挚地表达了越人船夫对当时楚王弟鄂君子皙以礼待人、下士爱民的感激、敬仰之情。

歌辞起首四句记述了越人与子皙一起泛舟于水中,且以"今夕何夕""今日何日"来反复感叹,以表内心激动之情。中间四句,表现了诗人因王子爱戴而生出的羞惭之意,以及受王子知遇之恩后产生的激荡情绪。最后两句,诗人以艺术化的手法,进行情感抒发,以"山有木""木有枝"起兴,引出"心说君""君不知"的浓情隐意,用字平实却意蕴深长。

全诗"词采声调,宛然楚辞"。梁启超称此楚语译本之美"殊不在'风''骚'之下"。

无名氏

越谣歌[1]

君乘车,我戴笠,他日相逢下车揖。[2]
君担簦,我跨马,他日相逢为君下。[3]

(《文选补遗》卷三四)

注 释

[1]这首歌谣最早记载在西晋周处所著的《风土记》中:"卿虽乘车我戴笠,后日相逢下车揖。我步行,卿乘马,后日相逢卿当下。"后来《乐府诗集》将其题为《越谣》,《古诗源》《古诗纪》《文选补遗》等题为《越谣歌》,今以后者为据。《乐府诗集》《古诗纪》皆编入先秦古辞,汉乐府亦有收之者。有考证认为《越谣歌》产生、流传于东汉年间,当可信。《古诗纪》旧注中还记录了另一版本:"卿虽乘车我戴笠,后日相逢下车揖。我步行,卿乘马,后日相逢君当下。"
[2]笠:笠帽,用竹篾、箬叶或棕皮等编成,可以御暑,亦可御雨。揖:拱手行礼。　[3]担簦:背着伞,比喻奔波跋涉。担,举,负荷。簦,古代长柄笠,犹今雨伞。

赏　析

　　《初学记》卷一八引周处《风土记》曰："越俗性率朴，初与人交，有礼。封土坛，祭以犬鸡。祝曰……"《太平御览》卷四〇六亦引《风土记》曰："越俗性率朴，意亲好合，即脱头上手巾，解要间五尺刀以与之。为交拜亲跪妻。定交有礼，俗皆当于山间大树下封土为坛，祭以白犬一、丹鸡一、鸡子三，名曰木下鸡，犬五，其坛地人畏不敢犯也。祝曰……"《越谣歌》即为祝词。可见，汉时越地人质朴率真，初与朋友交时，必定会按照庄严的礼仪，设坛祭祀，并高唱《越谣歌》。是为"车笠之交"，用来形容不分贵贱贫富的友谊。

　　这首歌谣整体运用对比、排比，"截然语健"，表达了越地人对友情朴素、真挚、纯粹的认知与追求。

王羲之

王羲之（303—361），字逸少，琅邪临沂（今山东临沂）人，久居会稽山阴（今浙江绍兴）。东晋时期著名书法家，世称"书圣"，也是著名文学家。官至右军将军、会稽内史，世称"王右军"。

兰亭诗 [1]

代谢鳞次，忽焉以周。[2]

欣此暮春，和气载柔。[3]

咏彼舞雩，异世同流。[4]

乃携齐契，散怀一丘。[5]

（《先秦汉魏晋南北朝诗·晋诗》卷一三）

注 释

[1] 农历三月三日上巳节，古人常到水边嬉戏沐浴以祓除不祥，世谓之"修禊"。永和九年（353）上巳节，王羲之与谢安、孙绰等四十余人在会稽山阴兰亭修禊事。众人饮酒赋诗，所赋诗篇汇成《兰亭集》，王羲之作序，这便是号称"天下第一行书"的《兰亭集序》。王羲之存世《兰亭诗》有四言诗、五言诗，皆是当时参加兰亭雅集时所作。

[2]代谢:同"代序",更迭,轮换,这里指四季变换。鳞次:像鱼鳞那样密集而有次序。忽焉:迅疾貌。 [3]暮春:夏历三月。载:则。 [4]舞雩:指祭天祷雨之处所,其处有坛有树,此处代指兰亭。雩,求雨之祭。《论语·先进》:"莫春者,春服既成,冠者五六人,童子六七人,浴乎沂,风乎舞雩,咏而归。"流:风流。王羲之以兰亭修禊比况曾皙沂水舞雩之乐,故曰"同流"。 [5]齐契:情趣相投的朋友。典出《诗经·邶风·击鼓》"死生契阔",又有《庄子》"齐生死"之义,《兰亭集序》"若合一契"即"齐契"。散怀:寄托怀抱。一丘:泛指山水。

赏　析

东晋穆帝永和九年的三月三日,虽是暮春时节,但天气轻柔,和风舒畅,万物充满勃勃生机。王羲之、谢安等人在会稽兰亭雅集,曲水流觞,饮酒赋诗,其乐融融。王羲之在此次雅集中,除了传世的四言和五言诗,还有著名的《兰亭集序》。因为序名太盛,以至于他的诗有点沉寂。其实不然,序固为佳构,诗亦警绝新奇。这首四言《兰亭诗》开篇便言春秋代序,季节轮转,时光倏忽而逝,但并无悲伤情绪,"欣此暮春"句反倒充满喜悦之情。紧接着诗人叙写了寄怀天地、尚友古人的畅达情怀,所以整首诗虽以玄言名世,亦有理趣,但更多展示的还是诗人任性山水的情怀。兰亭雅集是中华文化史上的不朽盛事,成就了多彩的兰亭文化,直到今天仍让人倾心追慕。

明　陈洪绶　右军笼鹅图

王彪之

王彪之(305—377),字叔虎,琅邪临沂(今山东临沂)人。东晋名臣。初任著作佐郎,累迁御史中丞、会稽内史等职,官至尚书令、护军将军、散骑常侍。著有文集二十卷,已佚。王彪之任会稽内史约在升平二年(358),前后共八年,令当地豪族有所收敛,先前逃离会稽的三万余人又回郡定居,深受百姓爱戴。

登会稽刻石山诗

隆山嵯峨,崇峦岩峣。[1]

傍觏沧洲,仰拂玄霄。[2]

文命远会,风淳道辽。[3]

秦皇遐巡,迈兹英豪。[4]

宅灵基阿,铭迹峻峤。[5]

青阳曜景,时和气淳。[6]

修岭增鲜,长松挺新。

飞鸿振羽,腾龙跃鳞。

(《先秦汉魏晋南北朝诗·晋诗》卷一四)

注 释

[1]嵯峨：山势高峻的样子。岧峣：山高而陡的样子。　　[2]觌：见，遇见。沧洲：滨水的地方，常指隐士居住之所。拂：（目光）轻轻掠过。玄霄：高空。　　[3]文命：大禹。《史记·夏本纪》："夏禹，名曰文命。"远会：大禹在会稽山大会群神，故曰"远会"。《国语·鲁语下》载："昔禹致群神于会稽之山，防风氏后至，禹杀而戮之。"淳：厚。辽：远大。　　[4]遐：远。巡：巡狩。秦始皇三十七年（前210），秦始皇第五次巡游时到达今绍兴，并登上会稽山。　　[5]宅灵基阿：让神灵居住在山上。峤：尖而高的山。　　[6]青阳：春天。

赏 析

　　王彪之是晋世名臣，为官忠贞耿介，《晋书》谓之"足以正纪纲"。其与谢安同理朝政，谢安常说"朝之大事，众不能决者，咨王公无不得判"。其为人为官如此，写诗也自有"英豪气"。这首诗应该是王彪之为会稽内史时所作，诗首先写了会稽山高峻险要，接着写了会稽山悠久的历史与雄浑的文化底蕴。大禹在此大会群神，防风氏因后至而被大禹诛杀；秦始皇东巡会稽，李斯刻石纪功，而会稽刻石的内容主要写"始定刑名""初平法式"，从而使会稽"和安敦勉，莫不顺令""人乐同则，嘉保泰平"，让人想起王彪之任会稽内史时威压当地豪强，百姓安居乐业。当然诗并非一味声色俱厉，"修岭增鲜，长松挺新。飞鸿振羽，腾龙跃鳞"则给人触目生春、生气勃发之感。

谢 安

谢安（320—385），字安石，祖籍陈郡阳夏（今河南太康）。东晋杰出的政治家。谢安出身陈郡谢氏，少为桓彝、王导等所重，出仕后历任征西大将军桓温的司马、吴兴太守、吏部尚书、中护军等职。谢安不乐仕进，早岁隐居会稽之东山，与王羲之、许询、支遁等名士游。

兰亭诗

相与欣佳节，率尔同褰裳。[1]

薄云罗阳景，微风翼轻舣。[2]

醇醪陶丹府，兀若游羲唐。[3]

万殊混一理，安复觉彭殇？[4]

（《先秦汉魏晋南北朝诗·晋诗》卷一三）

注 释

[1] 率尔：无拘束的样子。同褰裳：共赴，齐聚。褰，撩起，提起。
[2] 罗：如罗绮轻轻遮挡。翼：扶助。　[3] 醇醪：醇厚的美酒。陶：化。丹府：心。兀若：无知貌。羲唐：伏羲与尧。　[4] 彭殇：彭

祖与未成年的死者，代指生命的长短。《庄子·齐物论》："天下莫大于秋毫之末，而太山为小；莫寿乎殇子，而彭祖为夭。"

赏　析

　　永和九年（353）三月初三，谢安参加兰亭修禊事，留下了两首脍炙人口的《兰亭诗》，此为其一。这首诗叙写了三层意思。前两句叙事，结合诗题，知其叙述与一群志同道合的朋友雅集。三、四句写景，薄云如罗绮轻遮春日阳光，微风也轻轻推送着小船。最后四句言理，众人沉醉恍惚间如游于熙熙太古之世，已不知彭祖何寿而殇子何夭，"万殊混一理，安复觉彭殇"亦正契合《庄子》"齐物"之旨。首句的"欣"点明诗旨，整首诗事、景、理无不给人欢欣明快之感。此次兰亭雅集，生死寿夭当为重要论题，众人纷纷对此发表观点。相较于王羲之等，谢安此诗显得尤为乐观畅达。

清　任颐　东山丝竹图

王徽之

王徽之（？—388），字子猷，琅邪临沂（今山东临沂）人。王羲之第五子。王徽之生性高傲，放诞不羁。初以门荫入仕，历任徐州骑曹参军、大司马参军、黄门侍郎。因不乐仕途，辞官归居山阴。

兰亭诗

散怀山水，萧然忘羁。[1]

秀薄粲颖，疏松笼崖。[2]

游羽扇霄，鳞跃清池。[3]

肆目寄欢，心冥二奇。[4]

（《先秦汉魏晋南北朝诗·晋诗》卷一三）

注　释

[1]萧然：即"翛然"，无所系貌。忘羁：忘掉世俗拘束。　[2]秀薄：茂盛的灌木丛。薄，草木密集丛生处。颖：植物的末端。　[3]游羽：飞鸟。扇：鼓动翅膀。　[4]肆目：纵目远看。肆，《古诗纪》作"归"，此从《戏鸿堂诗帖》。寄：暂寓，不长久。二奇：或以为即指上文的"游羽"与"鳞"，因《庄子》常借鸟、鱼表达逍遥之旨，如鲲、鹏、儵鱼等。

赏 析

　　此诗作于永和九年（353）兰亭雅集时，其另有五言《兰亭诗》一首。这首诗围绕"散怀山水"展开，表达自己面对山水的玄思。山水如何散怀，关键还在于观山水者内心，方寸澄澈自然可玄对山水。而山水适情，观者内心自然了无羁绊。特出的秀林与笼罩山岗的疏松，俨然有特立独行之感，此可为王徽之的性情写照。五、六句写鸢飞鱼跃，既是生机勃勃的自然景观，亦可见自然万物之各适其性。而观者当此之时亦能冥合万物，将自己融合于自然山水之中，获得自然的生机与快乐。这不由得让我们想起庄子的濠上之游，与鱼为一，自然能感受"鱼之乐"。明人钟惺谓"读右军父子《兰亭诗》，可悟其微"，而王徽之将自己融入山水之中，似比其父更能体悟自然的微妙旨趣。

明　钱榖　兰亭修禊图（局部）

帛道猷

帛道猷（生卒年不详），俗姓冯，东晋高僧，山阴人。《高僧传》谓其"少以篇牍著称，性率素，好丘壑，一吟一咏，有濠上之风"。尝止若耶山（在若耶溪上游），因旧与竺道壹有经筵之遇，在咸安二年（372）后不久，投诗寄书以招道壹至若耶溪相会。

招道壹上人居云门 [1]

连峰数十里，修林带平津。

云过远山翳，风至梗荒榛。[2]

茅茨隐不见，鸡鸣知有人。[3]

闲步践其径，处处见遗薪。

始知百代下，故有上皇民。[4]

开此无事迹，以待疏俗宾。

长啸自林际，归此保天真。

（《会稽掇英总集》卷七）

注 释

[1]《古诗纪》卷四七录此诗,题作《陵峰采药触兴为诗》,然无末四句。《高僧传》卷五载道猷寄道壹书中有"优游山林之下……触兴为诗,陵峰采药……乐有余也"语。　[2]远山曀:远处山峦被云层阴影覆盖。荒榛:杂乱丛生的草木。　[3]茅茨:茅屋,古时入山隐居修行者多自立草庐居住。　[4]上皇民:上古三皇时代民风淳朴的百姓。

赏 析

　　本诗题有两说,或曰记述采药途中见闻感受,或曰以远离尘世、亲近自然的生活邀约竺道壹,意皆可通。

　　前四句整体写浙东丘陵地理风貌,虽连峰千里但山势低缓,且间有盆地坦途,颇有亲近之感。随后以鸡鸣和山径遗落的柴草侧写人,所写亦是避世修行者。从"三茅"到司马承祯,从支遁、帛道猷、昙猷到智𫖮、寒山子等,浙东向来是道徒佛子的理想隐居地,更是文人墨客的"诗和远方",所谓晋唐"诗路",渊源正在于此。后两句将隐居生活与上古淳朴民风联系起来,通过抱朴守真的文学表达,使诗歌从单纯的写景状物上升为理性思考,在追求实相的义理造诣上较许询、孙绰等人更胜一筹。这种不同于当时名士,彻底与自然融为一体的生命意识也更易受道壹青睐。

谢灵运

谢灵运(385—433),小名客儿,常称"谢客",袭封康乐县公,世称"谢康乐"。祖籍陈郡阳夏(今河南太康),生于会稽始宁(今绍兴市上虞区)。义熙元年(405)入仕,历任司马参军、记室参军、太尉参军等职。刘宋后,封康乐侯,迁散骑常侍,又转太子左卫率。永初三年(422),外放永嘉太守。景平元年(423)辞归,隐居故乡始宁墅。后以"叛逆"之名被杀。谢灵运是中国山水诗的鼻祖,创作了大量脍炙人口的山水诗篇,其诗文由后人辑为《谢康乐集》。

石壁精舍还湖中作[1]

昏旦变气候,山水含清晖。[2]

清晖能娱人,游子憺忘归。[3]

出谷日尚早,入舟阳已微。[4]

林壑敛暝色,云霞收夕霏。[5]

芰荷迭映蔚,蒲稗相因依。[6]

披拂趋南径,愉悦偃东扉。[7]

虑澹物自轻,意惬理无违。[8]

寄言摄生客，试用此道推。[9]

（《文选》卷二二）

注　释

[1]石壁：山名，乃东山之一峰，在今绍兴市上虞区上浦一带。精舍：谢灵运所立，即招提精舍，供四方僧侣临时讲授佛法的寺院。湖：巫湖。谢灵运《游名山志》曰："巫湖三面悉高山，枕水渚山，溪涧凡有五处。南第一谷，今在所谓石壁精舍。"　　[2]昏旦：傍晚和早晨。气候：指天气。清晖：明净的光辉、光泽。　　[3]憺：同"澹"，恬静安适。　　[4]微：不明。这里指太阳下山，日光暗淡不明。　　[5]林壑：山林涧谷。暝色：暮色，夜色。夕霏：傍晚的雾霭。霏，弥漫的云气。　　[6]芰荷：菱叶与荷叶。映蔚：相互辉映，蔚郁多彩。蒲稗：蒲草与稗草。因依：倚傍，依托。　　[7]披拂：拨开，这里指用手拨开掩路的杂草。趋：走向。偃：安卧休息。扉：本为门扇，引申为屋舍。　　[8]虑澹：思虑恬淡。意惬：心情舒畅。理无违：不违背万物常理。　　[9]寄言：意为把某种思想感情寄托在诗文之中。摄生：养生，保养身体。

赏　析

　　这首诗乃谢灵运山水诗的代表。景平元年秋，谢灵运自永嘉太守任上辞官，回到故乡会稽始宁，隐居三年。本诗即作于此时。前十二句历叙作者自石壁精舍出发，舟车行出谷，入舟泛湖，舍舟登岸等完整的游赏活动，重点描绘了傍晚湖景，清幽秀逸，生动流转。文字简洁明快,一个"偃"字亦足以让"愉悦"之情跃然纸上。诚如王夫之所评:"情不虚情,情皆可景;景非滞景,景总含情。"结尾四句点出"虑澹""意惬"之义,虽无景致,却也是"愉悦"之情的升华。刘履谓:"此皆胸中自得真趣,有非他人所能与者。故又明言虑淡则外物自轻,意惬则物理亦顺,凡养生之人,能以此道推之,则所乐亦不假外求而自得。"颇中肯綮。

过始宁墅 [1]

束发怀耿介,逐物遂推迁。[2]

违志似如昨,二纪及兹年。[3]

淄磷谢清旷,疲苶惭贞坚。[4]

拙疾相倚薄,还得静者便。[5]

剖竹守沧海,枉帆过旧山。[6]

山行穷登顿,水涉尽洄沿。[7]

岩峭岭稠叠,洲萦渚连绵。[8]

白云抱幽石,绿筱媚清涟。[9]

葺宇临回江,筑观基曾巅。[10]

挥手告乡曲,三载期归旋。[11]

且为树枌槚,无令孤愿言。[12]

(《文选》卷二六)

注　释

[1]始宁：县名,在今浙江绍兴上虞南、嵊州北。谢灵运的故乡。墅：别墅。《宋书·谢灵运传》："灵运父祖并葬始宁县,并有故宅及墅。"
[2]束发：童年。耿介：正直不阿,廉洁自持。这里特指童年时代抱有坚定不移的崇高志向。逐物遂推迁：在官场的竞逐中童年的壮志逐渐消磨。逐物,追求外物,这里指做官。推迁,推移变迁。　[3]违志：违背童年的志向。二纪：二十四年。兹年：今年。　[4]淄磷："淄"通"缁",异文亦多作"缁"。语出《论语·阳货》："不曰坚乎,磨而不磷;不曰白乎,涅而不缁。""缁磷"一般是"涅而不缁"与"磨而不磷"的略语,谓染而不黑,磨而不薄,比喻操守,坚贞。这里作者反用其意,指称自己变黑变薄,比喻意志不坚定。谢：辞去,抛弃。清旷：清朗开阔,清明旷达。疲苶：困惫,这里指在官场的竞逐中身心困惫,意志消沉。惭贞坚：因未能做到坚贞而惭愧。
[5]拙疾：意为拙宦,即笨拙不善于做官。偪薄：交迫,迫近。还得静者便：还是离开尘世回归故乡过平静的生活比较便利。　[6]剖竹：古代授官封爵,以竹符为信。剖分为二,一给本人,一留朝廷。这里指接受朝廷的授官。沧海：我国古代对东海的别称,这里借指永嘉郡。守沧海,即作永嘉太守。枉帆：谓船绕道而行。旧山：东山,借指作者故乡始宁墅。　[7]山行：在山中行走。穷：尽,全都是。登顿：上山曰登,下山曰顿。水涉：走水路。洄沿：逆流而上曰洄,顺流而下曰沿。　[8]峭：陡峻。稠叠：稠密重叠,密密层层。洲、

渚：皆为水中陆地，大者曰洲，小者曰渚。萦：环绕。连绵：接连不断。　　[9]幽石：青黑色的岩石。绿篠：绿色小竹。篠，小竹，细竹。媚：亲近，抚弄。清涟：谓水清澈而有细波纹。　　[10]葺宇：盖房子。临：面对，当着。回江：迂回的江流。筑观：兴建楼观。曾巅：高山之顶。曾，通"层"。基曾巅，即以高山之顶为地基。　　[11]乡曲：本为乡里，这里特指故乡父老亲友。期：约定。归旋：归来，返回。[12]树：种植。枌槚：两种树木名，多种在墓地。这里喻指作者要终老故乡。无令：不使。孤：通"辜"，辜负。愿言：思念殷切的样子。言，助词，无意义。

赏　析

永初三年秋，谢灵运到永嘉郡任太守，途中绕道自己的故乡始宁墅。此诗当作于离开故乡之时。

全诗可分为三个层次。起首八句为第一层，表达了作者对自己违志做官的检讨。"淄磷""疲茶"是官场竞逐中的真实状态，作者真切地体会到"清旷"之难得、"贞坚"之难守。接下来十句为第二层，作者记述自己赴任永嘉、枉帆回乡之事。"枉帆"二字，既是写实，又可看作是对尘世竞逐的冷淡以及对故居恬淡生活的期盼。接着，作者描绘故乡的山水，盛赞秀美的风光，更衬托出作者期盼早日归来的急迫之情。最后四句为第三层，约定三年任期满即回归故里，并借"枌槚"来宣告自己终老故乡的志向，以此抒发回归故乡幽居的强烈愿望。

谢惠连

　　谢惠连（397—433），祖籍陈郡阳夏（今河南太康），生于会稽。谢灵运的族弟，又称"小谢"（谢灵运称"大谢"）。元嘉七年（430），任彭城王刘义康的法曹行参军，十年病逝，年仅二十七岁。惠连十岁能作文，深得谢灵运的赏识。谢灵运第二次隐居始宁时，谢惠连与文士何长瑜、荀雍、羊璿之并称为谢灵运"四友"，一起游于山水之间而互相赋诗唱和，留下了许多千古美篇。《隋书·经籍志》载有《谢惠连集》六卷，后世亡佚，明人有辑本。

泛湖归出楼中玩月[1]

日落泛澄瀛，星罗游轻桡。[2]

憩榭面曲汜，临流对回潮。[3]

辍策共骈筵，并坐相招要。[4]

哀鸿鸣沙渚，悲猿响山椒。[5]

亭亭映江月，浏浏出谷飙。[6]

斐斐气幕岫，泫泫露盈条。[7]

近瞩祛幽蕴，远视荡喧嚣。[8]

晤言不知罢，从夕至清朝。[9]

（《文选》卷二二）

注　释

[1]湖：指巫湖，位于谢灵运石壁精舍处，可知此诗应是谢惠连在始宁墅处所作。玩：观赏，欣赏。一作"望"。　[2]澄瀎：清池，这里特指清澈的巫湖水。星罗：群星罗布。轻桡：小桨，借指小船。桡，船桨。　[3]憩：休息。榭：建在高台或水面上的木屋，多为游观之所。面：面对。曲汜：曲岸。汜，通"涘"，岸边。　[4]辍策：放下扶杖。骈：并列。筵：以竹篾、枝条和蒲苇等编织成的席子，古代用来铺地作坐垫。招要：亦作"招邀"，邀请。　[5]哀鸿：哀鸣的鸿雁。沙渚：小沙洲。山椒：山顶。　[6]亭亭：高远貌。浏浏：风疾貌。飙：疾风。　[7]斐斐：轻淡貌。气：云雾。幕：覆盖，笼罩。岫：峰峦。泫泫：露珠晶莹貌。　[8]瞩：谓注视。祛：开，消散。幽蕴：指心中郁结且隐藏的情绪。蕴，郁积。荡：洗涤，清除。喧嚣：声音大而嘈杂，吵闹。　[9]晤言：见面谈话，当面谈话。罢：通"疲"，疲惫。清朝：清晨。

赏　析

　　本篇是作者泛游巫湖、夜归登楼赏月之作。全诗运用工整的对仗，依次叙写了作者游览的三个阶段：泛湖归憩，登楼望月，心情感受。开篇六句，作者便陶醉于日落泛湖、星夜荡舟、归憩水榭的美景之中。然意犹未尽，人们放下手杖，更邀游伴登楼赏月。接着六句，作者绘声绘色地描写了月夜之下的动、静之美：夜静却可闻沙渚雁鸣、山椒猿啼，可见江月亭亭，可感谷风迅疾；轻淡雾气笼罩峰峦，晶莹的露珠垂满枝头。最后四句抒发了作者观景后的心情感受，对于如此夜景，远瞩近观皆能引起无限的清思，可以祛除隐藏在胸中的郁结之气，荡涤尘世间的喧嚣烦恼。本诗与谢灵运《石壁精舍还湖中作》虽都是描绘泛湖所见之山水，然从容明快的意境却是大谢诗作无法比拟的。

孔稚圭

　　孔稚圭（447—501），字德璋，会稽山阴人。南朝宋齐时著名文人。仕宋、齐两朝，历任尚书殿中郎、中书郎、御史中丞、太子詹事等。永元三年（501）卒，追赠金紫光禄大夫。其骈文工丽恢奇，享有盛名。《隋书·经籍志》称有集十卷，今已散佚，明人张溥辑有《孔詹事集》。孔稚圭"不乐世务，居宅盛营山水"。太平山距孔稚圭的尚书坞不远，故其常游览于此。

游太平山

逸访追幽踪，寻奇赴远辙。[1]

制芰度飞泉，援萝上危岊。[2]

万壑左右奔，千峰表里绝。

曲栈临风听，欹檐倚云穴。[3]

石险天貌分，林交日容缺。[4]

阴涧落春荣，寒岩留夏雪。

昔闻尚平心，今见幽人节。[5]

志入青松高，情投白云洁。

泛酒乘月还，闲谈迨霞灭。

接赏聊淹留，方今桂枝发。

（《四明山志》卷一）

注　释

[1]幽踪：这里指隐士或隐逸之地。　[2]制芰：以芰荷之叶制作衣裳。　[3]欹檐：倾斜的屋檐。　[4]日容：日光。　[5]尚平：东汉隐士尚长，字子平，隐居不仕，家中男女嫁娶既毕，即不复理家事，漫游五岳名山，不知所终。幽人：隐士。

赏　析

太平山地处会稽东南，山石高峻，茂木参天，景致峭拔独特，是名士隐逸、登临游览的胜地。这首诗开篇交代了游太平山的目的，即"访逸"与"寻奇"。太平山势竦峙，既有"飞泉"，又有"危岊"，上登"千峰"，下临"万壑"，为此他"制芰""援萝"，既"追"既"赴"，既"度"既"上"，耳边是呼啸的风声，眼前是飘逸的白云。随着诗人探寻的脚步，眼前的风物由极险、极奇转为极幽、极静。只见群峰环抱之间，老树苍劲峥嵘、遮天蔽日，寂静的林间只余点点金光洒下斑驳的影子。山涧幽寒，在不见阳光的角落有遗落的春花和不化的积雪。在追慕隐士、观赏山川风物之美的同时，孔稚圭也借"青松""白云"表明了高洁的志向和栖隐的心态。

王　籍

　　王籍（480—约536），字文海，琅邪临沂（今山东临沂）人。七岁能文，少有才气，颇受当世文豪沈约、任昉等赏识。齐末入仕，入梁后曾任余姚县令，后入湘东王萧绎幕府为咨议参军，绎为会稽太守，籍随府而至。王籍文集久佚，但以《入若邪溪诗》一诗名世。

入若邪溪诗[1]

舣艎何泛泛，空水共悠悠。[2]
阴霞生远岫，阳景逐回流。[3]
蝉噪林逾静，鸟鸣山更幽。
此地动归念，长年悲倦游。

（《先秦汉魏晋南北朝诗·梁诗》卷一七）

注　释

[1]若邪溪：即若耶溪，为鉴湖三十六源之一，发源于绍兴以南会稽山脉，流入镜湖，沿岸风光旖旎，古迹众多，是晋唐山水诗路的重要节点，历代题咏不绝。　　[2]舣艎：《吴越春秋》载吴王僚二年（前

525）伐楚，败而亡其战船"艅艎"。这里指大船。泛泛：畅行无阻的样子。空：天空。　　[3]阴霞：山北坡的云霞。远岫：远处的山峦，此处应指若耶溪以南的会稽山脉。阳景：阳光。回流：船体前行时两侧向相反方向倒流的水流。

赏　析

　　此诗奠定了王籍的诗史地位。全诗前两句写诗人在若耶溪上逆水行舟，沿途河网密布，远处水天相接，后两句旋即铺展出远处云霞遮蔽下的会稽山脉和船边太阳映照下的粼粼波光，由远及近，对仗工整。本诗独绝于当世的关键在于"蝉噪林逾静，鸟鸣山更幽"两句。表现深幽寂静，常规的办法无疑是极力形容悄无声息，但王籍反其道而行，以蝉噪和鸟鸣两种山林中最常见的声响打破静谧，但蝉噪、鸟鸣之后，仍是蝉噪、鸟鸣而绝无其他，词义与感受的错置使诗句充满张力，延长了审美的过程，完美呈现以闹写静的文学效果。王籍常为幕客，宦游无定，在这种完全寄身自然、回归本真的生命体验中，倦于政事、重归故土之感油然而生。

庾肩吾

庾肩吾（487—约552），字子慎，南阳新野（今属河南）人。南朝梁时期杰出的文学家兼书法理论家。梁朝末年，社会动荡，肩吾因避战乱，暂栖会稽。简文帝萧纲即位，任度支尚书。侯景之乱爆发，赴江陵，后封武康县侯。肩吾以其独特的诗风和深邃的书法理论著称于世。寓居会稽的这段时光，对庾肩吾而言，是一段宝贵的创作与思考时期。越中浓厚的文化氛围，不仅激发了他的创作灵感，也让他得以在宁静中探索书法的奥秘。而庾肩吾在浙江的这段经历，也为这片土地的历史文化增添了一抹独特的色彩。

三日侍兰亭曲水宴诗 [1]

策星依夜动，銮驾总朝游。[2]

旌门临苑树，相风出凤楼。[3]

春生露泥泥，天覆云油油。

桃花舒玉涧，柳叶暗金沟。

禊川分曲洛，帐殿掩芳洲。

踊跃赪鱼出,参差绛枣浮。

百戏俱临水,千钟共逐流。[4]

(《先秦汉魏晋南北朝诗·梁诗》卷二三)

注 释

[1]兰亭曲水宴:谓雅集兰亭,曲水流觞。 [2]策星:星官名,属奎宿。这里以星辰喻指皇帝出行。銮驾:皇帝的车驾。 [3]旌门:帝王出行,张帷幕为行宫,前树旌旗为门。相风:古代用于观测风向的仪器,常用作仪仗。凤楼:宫内楼阁。 [4]百戏:起于秦汉曼衍之戏,表演包括乐舞、杂技及幻术等。千钟:千杯,极言酒多。

元 赵孟頫 兰亭修禊图(局部)

赏 析

  这首诗以绍兴兰亭为背景，勾勒出一幅春日皇家宴游的壮丽画卷：策星启程，銮驾朝游，尽显皇家气派；旌门、凤楼，映照出皇家的辉煌。春日融融，惠风和畅，桃花映玉涧，柳叶拂金沟，展现了春日的柔美与生机。兰亭曲水，帐殿芳洲，百戏临水，千钟逐流，其盛况又与王羲之诸名士修禊兰亭不尽同也。

浙江诗话

唐五代

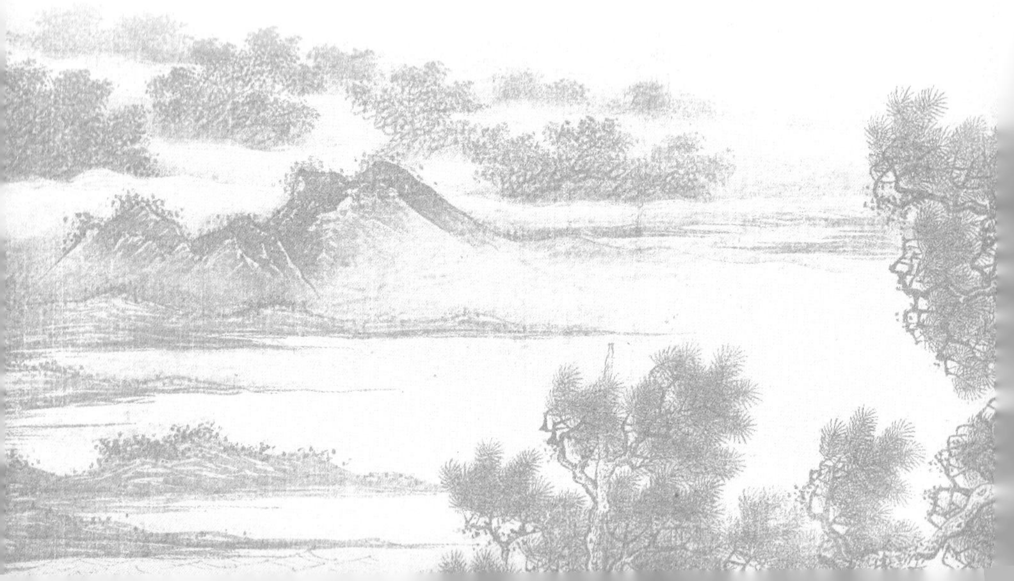

辨　才

辨才（生卒年不详），唐越州山阴（今浙江绍兴）人。梁司空袁昂玄孙，出家居越州永欣寺，为王羲之七世孙智永弟子，擅琴棋书画。今云门寺尚有辨才塔遗址。

设缸面酒款萧翼探得来字韵[1]

初酝一缸开，新知万里来。[2]

披云同落莫，步月共徘徊。

夜久孤琴思，风长旅雁哀。

非君有秘术，谁照不然灰？[3]

（《唐五代诗全编》卷一〇）

注　释

[1]缸面酒：初熟的酒。探得：限韵诗的一种形式，探得某字，即以某字为韵。此诗为辨才与萧翼探韵赋诗。萧翼，南朝梁元帝曾孙，本名世翼，富才艺，多智谋。唐太宗时，任监察御史，后授员外郎。
[2]酝：酿酒。"新知"句：指萧翼不远万里从长安来到越州，辨才与之一见如故。　　[3]不然灰：死灰。然，同"燃"。《史记·韩

长孺列传》：韩安国事梁孝王为中大夫，坐法抵罪，狱吏田甲辱之，安国曰："死灰独不复然乎？"

赏　析

  这是辨才写给新结交友人萧翼的诗。其时辨才有一个受人敬重的特殊身份：王羲之七世孙智永的传人，《兰亭集序》真迹的收藏者。辨才对真迹珍爱倍至，秘不示人。萧翼奉唐太宗之命，至越州永欣寺，欲从僧人辨才处赚取王羲之《兰亭集序》真迹。当萧翼带着数通二王法帖出现，老和尚很是欢欣，兴致勃勃地取出新酿的缸面酒款待，推杯换盏，忍不住拿出《兰亭集序》真迹让好友洗眼。没想到萧翼趁其不备，赚取真迹复命。辨才此诗探得"来"字韵，似乎很应景。萧翼"来"，《兰亭》去。来去之间，引人唏嘘。

骆宾王

骆宾王(约640—?),婺州义乌(今浙江义乌)人。与王勃、杨炯、卢照邻并称"初唐四杰"。骆宾王七岁咏鹅,被誉为神童。历任武功主簿、明堂主簿、长安主簿、侍御史等职。高宗末得罪下狱,有名篇《在狱咏蝉》。不久获释,左迁临海丞,故世称"骆临海"。光宅元年(684),徐敬业在扬州起兵,军中书檄多出骆宾王之手。其《代徐敬业传檄天下文》最为知名。其诗文多散佚,武则天曾遣使求之。骆宾王自义乌北上长安,或自长安赴临海时,都曾途经诸暨,故有《早发诸暨》。也曾途经山阴、会稽,作《称心寺》。

早发诸暨[1]

征夫怀远路,夙驾上危峦。[2]

薄烟横绝巘,轻冻涩回湍。[3]

野雾连空暗,山风入曙寒。[4]

帝城临灞涘,禹穴枕江干。[5]

橘性行应化,蓬心去不安。[6]

独掩穷途泪,长歌行路难。[7]

(《骆宾王集》卷三)

注　释

[1]诸暨:《元和郡县图志》卷二六载江南道越州管县七:会稽、山阴、诸暨、余姚、萧山、上虞、剡。诸暨县为秦旧县,界有暨浦诸山,因以为名。诸暨在义乌北,乃古时自义乌陆路北上的必经之地。
[2]征夫:即征人、行旅之人。此为诗人自指。夙驾:早晨驾车出行。夙,早也。危峦:高险的山峦。　[3]绝巘:极高的山峰。巘,一般指险峻的山峰或山崖。轻冻涩回湍:回湍,回旋的急流。湍,急流的水。此句当指急流上所结的薄冰。　[4]野雾:早晨山野间的雾气。曙:东方明也,天刚亮。　[5]帝城:即长安。灞涘:灞水之滨。涘,水边。禹穴:大禹陵。在今浙江绍兴之会稽山。江干:江边,江畔。
[6]橘性:橘树的习性。《晏子春秋》:"婴闻之,橘生淮南则为橘,生于淮北则为枳,叶徒相似,其实味不同。所以然者何?水土异也。"蓬心:内心。多喻知识浅薄,不能通达事理。是自喻浅陋的谦词。
[7]穷途:路已走到尽头。行路难:乐府篇名。《乐府解题》曰:"行路难,备言世路艰难及离别悲伤之意,多以'君不见'为首。"

赏　析

唐代士人由于贬谪、入幕、科举、漫游等诸多原因,往往要忍受行役、离别之苦。为了赶路,他们往往在天未亮时就出发,多数时候是独自一人。上路之后,诗人所面临的不仅有远处的

"危峦""绝巘",还有脚下的回湍以及迎面吹来的刺骨寒风,这些又都笼罩在昏暗的天空下。首六句的景物描写道尽"早发"的艰难;后六句由景及人,以橘喻人,羁旅多年,饱经风霜,面对陡险的山路和自己未卜的生路,不得不掩泪长歌——行路之难!相较初唐的君臣唱和与绮错婉媚的"上官体",骆宾王此诗写山路早行,使诗歌突破了狭窄的宫廷题材,也扭转了齐梁艳丽诗风的余绪。

宋之问

宋之问（约656—约713），一名少连，字延清，虢州弘农（今河南灵宝）人，一说汾州（今山西汾阳）人。上元二年（675）登进士第，官至考功员外郎。后贬钦州，先天中赐死于桂州。宋之问是武后及中宗朝的著名宫廷诗人，虽多应制之作，但对律诗定型有较大影响。与沈佺期齐名，时称"沈宋"。

泛镜湖南溪

乘兴入幽栖，舟行日向低。[1]

岩花候冬发，谷鸟作春啼。

沓嶂开天小，丛篁夹路迷。[2]

犹闻可怜处，更在若耶溪。[3]

（《沈佺期宋之问集校注》卷三）

注　释

[1]幽栖：幽僻的栖止之处。　[2]沓嶂：重重叠叠的山峰。天小：因山峰耸峙而显得天较为狭小。丛篁：丛生的竹子。　[3]可怜：可爱，令人喜欢。

赏　析

　　王夫之《唐诗评选》选宋之问诗四首，评价此诗曰："深稳。结语与'不愁明月尽，自有夜珠来'一致。此作通首圆切，故去彼留此。即以二结语絜之，亦此蕴藉。"吴修坞《唐诗续评》称："首联点题。次联见气候之好。三联见景地之妙。中二联皆'可怜'处也。惟幽栖，故可怜，结又推进一层。气既直走，便无收转之理；然又不得平住，故必深进一层作结，诗文法皆如此。'怜'字，诗中多作'爱'字解。若耶溪为次句'舟行'字再醒一笔。"诗人兴致满怀地泛舟镜湖南溪，不知不觉日已西斜。两岸鸟语花香，舟行景变，因有层峦叠嶂而视野受限，与此同时，丛生的竹子又往往使人迷失其中。诗人不禁感叹"犹闻可怜处，更在若耶溪"！

贺知章

贺知章（659—约744），字季真，越州永兴（今属浙江杭州）人，居山阴。性放旷，善谈笑，晚年尤加纵诞，自号"四明狂客"，又称"秘书外监"。与张旭、包融、张若虚合称"吴中四士"，又与李白、张旭等合称"饮中八仙"。武则天证圣元年（695）登进士第，授四门博士，迁太常博士，后历任礼部侍郎、太子宾客、秘书监等职，世称"贺监"。

回乡偶书[1]

其一

离别家乡岁月多，近来人事半消磨。

唯有门前镜湖水，春风不改旧时波。[2]

其二

幼小离家老大回，乡音难改面毛腮。[3]

家童相见不相识，却问客从何处来？[4]

（《唐五代诗全编》卷一一二）

注 释

[1]一般认为《回乡偶书》作于太子宾客贺知章辞归入道之后。近年有研究认为此诗作于中年以后回乡时,而非暮年辞官归隐所作。此从前说。　[2]镜湖水:东汉永和五年(140),会稽太守马臻纳会稽山阴三十六源之水筑堤为湖,以利蓄泄灌溉,名曰镜湖,至北宋初年,因避赵匡胤祖父赵敬名讳,改称鉴湖。　[3]面毛腮:两腮长满胡须。[4]家童:私人家中的仆人。

赏 析

　　天宝初,贺知章因病恍惚,数日方寤,上表请为道士,求还乡里。启程之日,唐玄宗作《送贺秘监归会稽诗》并序,皇太子、百官均来饯行。游宦在外的诗人回到久别的家乡,不禁感叹时光流逝、世事变幻、人事消磨,不变的唯有门前镜湖水,在春风吹拂下,依旧泛起涟漪。离别家乡太久,虽然乡音未改,外貌却已大不同,也难怪别人把自己当成"客"了。

采莲曲 [1]

稽山罢雾郁嵯峨,镜水无风也自波。[2]

莫言春度芳菲尽,别有中流采芰荷。[3]

(《唐五代诗全编》卷一一二)

注　释

[1]采莲曲：乐府诗旧题，内容多描写江南水乡青年男女采莲嬉游的场面，因浓厚的劳动气息、丰富的地域色彩、鲜活的采莲女形象而被人喜爱。除贺知章外，唐代李白、王昌龄、白居易等都写过《采莲曲》。　　[2]稽山：会稽山，在今绍兴东南。《史记·夏本纪》："禹会诸侯江南，计功而崩，因葬焉，命曰会稽。会稽者，会计也。"今会稽山有大禹陵、香炉峰、宛委山、阳明洞天等人文和自然景观。广义的会稽山指会稽山脉。嵯峨：形容山势高峻。镜水：镜湖。　　[3]芳菲：芳香的花草，或花草香美的样子。

赏　析

　　此诗写越州风景。第一句写山色，突出了会稽山的葱郁与高峻；第二句写湖光，突出了镜湖的清波与涟漪。山水相映，有动有静。在远景之后，第四句开始特写，强调"中流采芰荷"的景象，这是最能体现越州风物的场景。通过诗人的文字，仿佛可以听到波光激滟中传来的采莲姑娘的欢声笑语。采莲女是《采莲曲》的描写重点，也是浙东地域文化的代表，唐人笔下的采莲女往往是越女。

张　说

张说（667—731），字道济，一字说之，洛阳（今河南洛阳）人。玄宗开元初任中书令，封燕国公。后历任兵部尚书、同中书门下三品，兼朔方军节度使等职。为人正直，多善政。长于文辞，朝廷重要文书多出其手，与许国公苏颋并称"燕许大手笔"。遭奸相李林甫排挤，罢相。卒谥文贞。

题金庭观[1]

玄珠道在岂难求，海变须教鬓不秋。[2]
他日洞天三十六，碧桃花发共师游。[3]

（《唐五代诗全编》卷一二二）

注　释

[1]金庭观：在今嵊州市金庭镇，相传是书圣王羲之晚年修身养性处，为道家第二十七洞天。一说唐代时金庭观在今新昌沙溪镇王罕岭（当时也属剡县），明代移至现址。　[2]玄珠：《庄子·天地》中有黄帝赤水遗珠的故事。海变：沧海桑田的变化。　[3]碧桃：仙桃，诗赋中常以碧桃花发喻胜境之美。

赏 析

　　该诗为金庭观建成之时,张说从京师寄题之作。金庭观是道家胜地,本诗首句即用"玄珠"典故,取"道可以感悟"之意,称赞金庭观是大道所在。次句承首句,表明获得大道,即便经历沧海桑田的岁月,也能青春永驻。三、四两句,表达了作者与友人一起游历天下胜景的愿望。"洞天三十六"泛指一切胜地,"碧桃花发"既指美好的时间,也指美丽的地点。总之,全诗表达了作者对金庭观的赞美之情,也有对金庭观主人修行生活的羡慕与欣赏。而"玄珠""海变""碧桃"等典故运用不着痕迹,契合诗意,增添了诗歌的感染力,有助于对"金庭观"这一胜地意境的渲染,也有助作者表达追求修道与向往仙境之情。

孟浩然

　　孟浩然（689—740），字浩然，以字行，襄州襄阳（今湖北襄阳）人。曾入鹿门山读书隐居。游历南北，开元十七年（729）秋，自洛阳经汴水前往吴越。关于浙东之行的目的，一说是访友人乐城尉张子容，一说排遣落第后的失意苦闷。关于浙东之游的时间与次数，也有多种说法。一说孟浩然浙东之游有两次，第一次在开元十三、十四年间，目的地是天台；第二次在开元十六年后不久，目的地是永嘉。他在浙东写下大量作品，其中《济江问舟人》《耶溪泛舟》流传最广。

济江问舟人 [1]

潮落江平未有风，扁舟共济与君同。[2]

时时引领望天末，何处青山是越中？[3]

（《孟浩然诗集校注》卷四）

注　释

[1] 济江问舟人：江，钱塘江，又称浙江。《史记》载秦始皇曾游会稽，渡浙江。本篇诗题又作《济江问舟子》《渡浙江问舟中人》。　　[2] 扁舟：小船。　　[3] 引领：伸直脖子远望，形容殷切期待貌。天末：天边。

赏 析

孟浩然这次吴越之行目的地很清晰,《自洛之越》称"山水寻吴越,风尘厌洛京"。渡钱塘江,即将达越中之时,还时时引领,欲见越中青山。这首诗字句属平常语,而韵味悠长。皎然《诗式》说:"首句言潮落故江平,尚未有风,则可以济矣,就'江'字起。二句言与舟子共济,'君'指舟子也,就'舟子'承。三句就'济'字转,心中想越,故引领而望。'时时',见望之勤;'天末',见望之远。四句言江上青山无数,未知越山在于何处,因指青山以问舟子也。'青山'二字,冠以'何处'二字;'越中'二字,冠以'是'字,做题中'问'字,不着痕迹,但写出神理。"

耶溪泛舟[1]

落景余清晖,轻桡弄溪渚。[2]

泓澄爱水物,临泛何容与。[3]

白首垂钓翁,新妆浣纱女。[4]

看看未相识,脉脉不得语。[5]

(《孟浩然诗集校注》卷一)

注 释

[1]耶溪:即若耶溪。 [2]落景:落日。轻桡:体积较小而又轻快

的小船。一作"轻棹",棹、桡均为船桨。　　[3]泓澄爱水物:泓澄,水深而清,明净清澈。一作"澄明"。水物:水中的生物。容与:轻松闲适,从容不迫,悠然自得。　　[4]浣纱女:相传西施浣纱于此,故若耶溪又名浣纱溪。　　[5]看看未相识:一作"相看似相识"。脉脉不得语:含情相视而又不相语。

赏　析

　　诗人在傍晚时分荡桨耶溪,远处是落日余晖,晚霞在天,近处是溪水澄明,水物可爱。徜徉其中,闲适自得。正当诗人沉浸在这清丽的景色中时,又见老翁垂钓、少女浣纱。这浓浓的越中风情,让诗人欢喜且陶醉。耶溪泛舟是唐代士人到达越州后的重要"体验项目",除孟浩然外,还有刘长卿《上巳日越中与鲍侍御泛舟耶溪》、綦毋潜《春泛若耶溪》、丘为《泛若耶溪》、崔颢《入若耶溪》等。

孙 逖

孙逖（696—761），字子成，博州武水（今山东聊城）人，少时寓居河南巩县。幼而聪颖，文思敏捷。开元二年（714）应哲人奇士举，授山阴尉，迁秘书正字。开元十年登文藻宏丽科，拜左拾遗。开元二十一年改考功员外郎，知贡举两年，多得俊才。后拜中书舍人，历刑部侍郎、太子左庶子，终太子詹事。开元三年至五年间，意气风发的孙逖在越州山阴县尉任职期间写下多首作品。

登越州城

越嶂绕层城，登临万象清。[1]

封圻沧海合，廛闬鉴湖明。[2]

晓日渔商满，芳春棹唱行。[3]

山风摇美箭，田雨润香粳。[4]

代阅英灵尽，人闲吏隐并。[5]

赠言王逸少，已见曲池平。[6]

（《文苑英华》卷三〇九）

注　释

[1]越嶂绕层城：嶂，形容高险像屏障的山。此处指环绕越州城的群山。万象：一切事物或景象。　　[2]封圻：疆土边界。沧海：当指后海，今杭州湾一带。廛：民宅。闬：闾里的门或墙垣。鉴湖：一作"碧湖"。　　[3]棹唱：棹歌。　　[4]美箭：箭竹，美竹。《尔雅》："东南之美者，有会稽之竹箭焉。"香粳：一种有香味的粳米，产于江浙一带。粳，粳稻，水稻的一种，米粒短而粗。　　[5]代阅：世阅，经历几世几代。英灵：英才。吏隐：官吏与隐士。　　[6]王逸少：王羲之，字逸少。曲池：曲折回绕的水池。

赏　析

　　此诗写诗人登高所见所想。越州城头位于府山之上，登临远眺，远山近市尽收眼底。孙逖此时年未弱冠，已为一县之尉，可谓年少气盛。登临远望，周围群山环绕，又见北部疆界与沧海合一，西部镜湖碧波万顷，眼下春和景明，忙碌的渔夫们正泛舟歌唱。同时看到的，还有山风吹拂美竹，田雨滋润香粳，足见此地风调雨顺、惠风和畅，亦是政通人和、代有英才。既是登高，在感叹眼前实景"万象清"的同时，不免思绪万千。古往今来，这里见证了多少英才。诗人想到王羲之曾在兰亭曲水流觞，而今曲池已湮灭无存。孙逖对山阴是充满喜爱之情的，在即将离别之际，他又写下《春日留别》，表达了依依不舍之情。

崔　颢

崔颢（？—754），汴州（今河南开封）人。开元十一年（723）进士。开元二十年前后任职河东军幕，天宝初任太仆寺丞，后改司勋员外郎。有《崔颢集》。崔颢曾南游吴越等地，足迹甚广，到达浙东的具体时间不详，一般认为是开元中。其间他写下《入若耶溪》《舟行入剡》《题沈隐侯八咏楼》等作品。

舟行入剡

鸣棹下东阳，回舟入剡乡。[1]

青山行不尽，绿水去何长。

地气秋仍湿，江风晚渐凉。

山梅犹作雨，溪橘未知霜。

谢客文逾盛，林公未可忘。[2]

多惭越中好，流恨阅时芳。

（《崔颢集》卷下）

注　释

[1]鸣棹：开航，开船。东阳：东阳县。《元和郡县图志》卷二六载

江南道婺州管县七：金华、义乌、永康、东阳、兰溪、武义、浦阳。

[2]林公：支遁，字道林，东晋名僧。《世说新语》《高僧传》载支遁与王羲之等人有交往，至于是否参加了兰亭集会，说法不一。

赏　析

当诗人离开东阳进入越地，青山绿水首先映入眼帘，随着船行的深入，诗人感受到"地气秋仍湿，江风晚渐凉"，点明了入剡的时节；而"山梅犹作雨，溪橘未知霜"则特写沿岸植物，透露出此地繁荣富庶的信息。由"山梅""溪橘"，诗人想到本地名士谢灵运与支遁。"支公信高逸，久向山林住"，支遁竟提出愿意买山而居，何尝不是对越中山水的喜爱与认可呢？到此流连不能去的又岂止支遁一人，不禁让人感叹，越地果然人杰地灵！

元　赵元　剡溪云树图（局部）

李 白

李白(701—762),字太白,号青莲居士,祖籍陇西成纪(今甘肃天水附近),出生于中亚碎叶城。五岁随父迁居绵州昌隆县(今四川江油)青莲乡。天宝元年(742)被玄宗召入长安为翰林供奉,因称"李翰林"。在长安,大诗人贺知章一见,叹为"谪仙人",从此号为"诗仙"。安史乱起,因参加李璘的幕府,被牵累而长流夜郎,途中遇赦。晚年漂泊东南一带,病卒于当涂。有《李太白集》三十卷。李白曾漫游浙东,天宝初年畅游会稽,留下不朽的篇章。

梦游天姥吟留别[1]

海客谈瀛洲,烟涛微茫信难求。[2]

越人语天姥,云霓明灭或可睹。

天姥连天向天横,势拔五岳掩赤城。[3]

天台四万八千丈,对此欲倒东南倾。[4]

我欲因之梦吴越,一夜飞度镜湖月。[5]

湖月照我影,送我至剡溪。[6]

谢公宿处今尚在，渌水荡漾清猿啼。[7]

脚著谢公屐，身登青云梯。[8]

半壁见海日，空中闻天鸡。[9]

千岩万转路不定，迷花倚石忽已暝。[10]

熊咆龙吟殷岩泉，栗深林兮惊层巅。[11]

云青青兮欲雨，水澹澹兮生烟。[12]

列缺霹雳，丘峦崩摧。[13]

洞天石扉，訇然中开。[14]

青冥浩荡不见底，日月照耀金银台。[15]

霓为衣兮风为马，云之君兮纷纷而来下。[16]

虎鼓瑟兮鸾回车，仙之人兮列如麻。[17]

忽魂悸以魄动，恍惊起而长嗟。

惟觉时之枕席，失向来之烟霞。

世间行乐亦如此，古来万事东流水。

别君去兮何时还？且放白鹿青崖间，须行即骑访名山。[18]

安能摧眉折腰事权贵，使我不得开心颜！[19]

（《李太白集》卷一三）

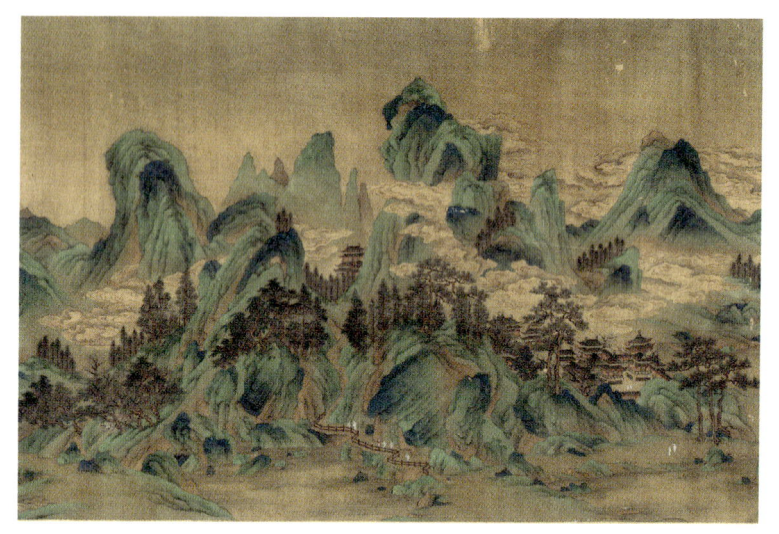

宋　赵伯驹　仙山楼阁图（局部）

注　释

[1]天姥：天姥山，在今新昌县东。东接天台山脉。传说山中有天姥（老妇）歌谣之声，故名。唐玄宗天宝初年，李白将从东鲁（今山东）前往越州游历，与东鲁亲友告别时，写下此诗。故《河岳英灵集》该诗题作"梦游天姥山别东鲁诸公"。　　[2]海客：浪迹海上之人。瀛洲：传说中东海三座仙山之一。微茫：景象模糊不清。信：实在。　　[3]"天姥"二句：形容天姥山上接青云，遮断天空，气势超越了五岳诸山，山影遮掩了天台赤城山，极写天姥山之高峻。向天横：遮断天空。拔：超出。五岳：东岳泰山、西岳华山、中岳嵩山、北岳恒山、南岳衡山。赤城：山名，在今浙江天台县北，因土色皆赤而得名。　　[4]"天台"二句：用夸张的手法形容天台山很高，但面对天姥山，天台山却好像要拜倒在它的东面。进一步烘托天姥山之高耸。　　[5]"我欲"二句：

指诗人依据越人对天姥山的描述，在梦中抵达吴越故地，飞越镜湖。　[6]剡溪：绍兴境内的最大河流曹娥江，在嵊州、新昌境内古称剡溪，干流为发源于金华市磐安县境内的澄潭江，另有新昌江、长乐江、黄泽江等多条支流，其中源自天台山的新昌江一线，是浙东诗路主线之一。　[7]谢公宿处：谢灵运曾经留宿的地方。谢灵运《登临海峤》："暝投剡中宿，明登天姥岑。"　[8]谢公屐：谢灵运游山时穿的一种特制木鞋，鞋底下安着活动的锯齿，上山时抽去前齿，下山时抽去后齿。青云梯：直上青云的阶梯。形容山路陡峭入云。　[9]"半壁"二句：形容到天姥山半山腰就见到从海上升起的太阳，就能听到桃都山上天鸡的鸣叫。南朝梁任昉《述异记》卷下："东南有桃都山，上有大树，名曰'桃都'，枝相去三千里。上有天鸡，日初出，照此木，天鸡则鸣，天下鸡皆随之鸣。"　[10]暝：天黑，夜晚。　[11]殷岩泉：即"岩泉殷"，岩石和泉水都被震动。殷，震响，形容声音宏大。　[12]青青：黑沉沉的样子。雨：作动词，下雨。澹澹：水波微微荡漾的样子。[13]列缺：闪电。　[14]洞天：道家称神仙的居所。　[15]金银台：神仙所居宫阙。　[16]"霓为"二句：语本傅玄《吴楚歌》："云为车兮风为马。"云之君：云中下降之群仙。　[17]虎鼓瑟：出自张衡《西京赋》："白虎鼓瑟，苍龙吹篪。"列如麻：排列起来像麻布纹理一样多。夸张手法。　[18]"且放"二句：暂且将白鹿放养在青崖之间，等待出行时即骑上它遍访名山。　[19]摧眉折腰：低头弯腰，即卑躬屈膝。

赏　析

　　诗作开篇，李白即表明了海上仙山难求而不必求，人间天姥可睹而实未睹。"梦游"寻仙之旅顺势开启，一幅幅或雄浑壮观，或瑰丽变幻的奇景在云霓明灭之间缓缓铺展。因是梦境，故愈唱愈高，愈出愈奇，恍惚迷离，虚虚实实，或显或晦，不必苛求。但"枕席""烟霞"二句却仿佛现实的强光照进晦暗的理想，令诗人惊觉世事虚幻后再无法入眠。在"安能摧眉折腰事权贵"的强音里，全诗收束。

  诗作以七言为主而间以杂言，境界超绝，语音高朗，以入梦而作游仙，从梦醒而反照当下，诗境虽奇，脉理极细。李白曾自道："五岳寻仙不辞远，一生好入名山游。"此番梦游天姥亦不妨视为诗人名山寻访的另一种形式。

越中览古

越王勾践破吴归，义士还家尽锦衣。[1]
宫女如花满春殿，只今惟有鹧鸪飞。[2]

（《李太白集》卷二〇）

注　释

[1] 越王勾践：勾践，春秋末年越国国君。前494年，吴越战争再起，越军败。越国求和，勾践把国家大事托付给文种，自己带着夫人和范蠡到吴国去做奴仆。前492年，夫差赦免了勾践，允许其回国。归国之后的勾践卧薪尝胆，经过十年生聚，十年教训，越国国力大增，最

终大败吴军，吴王夫差自杀。之后，越王勾践在徐州大会诸侯，成为春秋时期最后一位霸主。义士：忠勇之士。还家：一作"还乡"。锦衣：精美华丽的衣服，显贵者的服装。　[2]春殿：即越王的宫殿。鹧鸪：鸟名。常常栖息于山地灌木丛，多分布在我国南方。

赏　析

　　吴越争霸的故事一直为后人津津乐道，而人们更多关注的是越王勾践卧薪尝胆和励精图治的故事。此诗重点描写越王凯旋后的场景。战争胜利了，勇士们都得到了奖赏，卸下沉重的铠甲，穿上锦绣衣服；越王的宫中美女如花，犹如繁花盛开的春天。从中不难想象越国君臣的志得意满与花团锦簇。可是眼下，昔日的荣华富贵现在还有什么呢？越王与越国不在了，宫女们也不在了，诗人看到的是"只今惟有鹧鸪飞"，前三句都是为末句作反衬。

　　吊古之作，李白还有《苏台览古》："旧苑荒台杨柳新，菱歌清唱不胜春。只今惟有西江月，曾照吴王宫里人。"此诗多言今日萧索，末句兜转其盛，并未对吴国昔日胜景进行正面渲染，虽亦有今昔对比，却与《越中览古》结构章法明显不同。

杜 甫

杜甫（712—770），字子美，贯出京兆（今陕西西安），先世迁襄阳（今湖北襄阳），出生于巩县（今河南巩义）。玄宗时两次应试落第，四十岁时献《三大礼赋》，始待制集贤院，改右卫率府胄曹参军。安史之乱后，曾为左拾遗，故世称"杜拾遗"。后避乱入蜀，剑南节度使严武荐为节度参谋、检校工部员外郎，故又称"杜工部"。有《杜工部集》。

遣兴五首（其四）

贺公雅吴语，在位常清狂。[1]

上疏乞骸骨，黄冠归故乡。[2]

爽气不可致，斯人今则亡。[3]

山阴一茅宇，江海日凄凉。

（《杜甫集校注》卷三）

注 释

[1]贺公：贺知章。　[2]上疏乞骸骨：天宝初，贺知章因病恍惚，数日方寤，上表请为道士，求还乡里。黄冠：黄色的冠帽，多为道士戴

用。　[3]爽气：超脱尘世的精神，豪迈的气概。

赏　析

　　杜甫《饮中八仙歌》的第一位便是贺知章——"知章骑马似乘船，眼花落井水底眠"。杜甫对贺知章的敬仰，既与贺本身的时誉有关，也可能受到李白的影响。

　　此诗一般认为作于乾元二年（759），此时兵荒马乱，友人遭难，自己又羁旅边关，闲居多暇，百感交集，故需"遣兴"。杜甫到达越州是在开元年间，至写作此诗时，已经过去二十多年，今昔对比，不免有身世之叹，烦闷忧愁。因杜甫漫游浙东时，贺知章尚在京为官，而在安史之乱中写作此诗时，杜甫在北方逃亡，故"山阴一茅宇，江海日凄凉"应是想象之辞。

张 继

张继（？—约779），字懿孙，襄州（今湖北襄阳）人。天宝十二载（753）登进士第。大历中，以检校祠部员外郎分掌洪州财赋。张继在至德到广德年间，常往来于浙西、浙东之间，有诗《题严陵钓台》《会稽郡楼雪霁》等。

会稽郡楼雪霁[1]

江城昨夜雪如花，郢客登楼齐望华。[2]

夏禹坛前仍聚玉，西施浦上更飞沙。[3]

帘栊向晚寒风度，睥睨初晴落景斜。

数处微明销不尽，湖山清映越人家。[4]

（《文苑英华》卷一五五）

注 释

[1]会稽郡楼：即越州城楼。　　[2]江城：泛指会稽城，因近水而称。郢客：张继为楚人，故自称。　　[3]夏禹坛：相传为纪念大禹治水功绩而建之坛。聚玉：比喻雪后地面洁白如玉，此处借指夏禹坛前积雪覆盖，如同美玉堆砌，增添了几分神圣与庄严。　　[4]湖山：泛

指会稽一带的湖泊与山峦，景色秀丽。越人家：指居住在会稽地区的越地人家。此句描绘雪后初晴，清澈的湖光山色与错落有致的民居相映成趣的画面。

赏 析

此诗以细腻的笔触描绘了绍兴会稽郡雪后初霁的景致，巧妙融合了历史与自然之美，展现了绍兴独有的文化韵味与自然风光。江城绍兴，一夜之间银装素裹，雪花纷飞如繁花盛开，引得文人雅士登楼共赏这华彩景象。夏禹坛前，积雪如玉，凝聚着古越文化的深厚底蕴；西施浦畔，飞沙与雪共舞，增添了几分历史的遐想与浪漫。随着夜幕低垂，寒风透帘而入，而初晴之时，夕阳斜照，城郭轮廓在光影中更显古朴。湖面与山峦在白雪的映衬下，更加清澈明净，倒映着越地人家的温馨与宁静，勾勒出一幅幅动人心魄的江南水墨画，让人沉醉于绍兴独有的雅致与宁静之中。

严 维

严维（？—780），字正文，越州山阴人。初隐居桐庐，与刘长卿交好。天宝年间曾赴京应试，不第。至德二载（757）登进士，擢辞藻宏丽科。宝应元年（762）至大历五年（770）入浙东观察使薛兼训幕（使府在今绍兴），官检校金吾卫长史。与鲍防等五十余人唱和，盛极一时，结集《大历年浙东联唱集》。后闲居越州。复出，官至秘书郎。心恋家山，无意仕进，以家贫至老，不能远离，授诸暨尉，时年已四十余。

宿法华寺[1]

一夕雨沉沉，哀猿万木吟。

阴天龙护法，长老密看心。[2]

鱼梵空山静，纱灯古殿深。[3]

无生久已学，白发浪相侵。[4]

（《唐五代诗全编》卷三四六）

注　释

[1]法华寺：因东晋义熙十三年（417）僧昙翼在此结庵诵《法华经》

得名。梁武帝时，禅师惠举驻寺修行，太子萧统赐其金缕木兰袈裟，故又称"天衣寺"。法华寺是古代越中名胜，题咏不绝。晚唐以来时有兴衰，清末终废，遗址在今绍兴市越城区。　　[2]天龙：佛教语，指诸天与龙神。护法：护持佛法。长老：僧人的尊称。　　[3]鱼梵：鱼，佛家法器木鱼；梵，僧人诵经之声。纱灯：纱绢制作的灯。　　[4]无生：佛教语，不生不灭、没有生灭。

赏　析

　　唐诗中曾盛行过佛寺与猿类相结合的描述，尤其见于南方，严维这首诗就是在这种背景下创作的。唐宋时期多有佛寺饲猿的记载，由于生态环境的改变，类似的僧猿故事在此后逐渐减少。诗人夜宿法华寺，写寺院自然环境以及体悟佛法之境，与诗人心境相观照。

皎　然

皎然（约720—约795），俗姓谢，字清昼，吴兴（今浙江湖州）人。自称谢灵运十世孙。开元、天宝之际试进士未第后出家。安史之乱起后居湖州杼山，漫游两浙，与文人士大夫往还酬唱，是大历八年至十二年（773—777）颜真卿任职湖州时吴兴联唱的核心成员。《宋高僧传》评价其"文章隽丽，当时号为释门伟器"。皎然尝与灵澈、朱放等越中诗人交游，多有题咏越中名胜之作。有诗论著作《诗式》五卷、《诗议》一卷。

宿法华寺简灵澈上人 [1]

至道无机但杳冥，孤灯寒竹自青荧。[2]

不知何处小乘客，一夜风来闻诵经。[3]

（《昼上人集》卷一）

注　释

[1] 灵澈上人：灵澈，俗姓汤，字源澄，又字明泳，会稽人。幼于云门寺出家，大历中以诗名，与皎然等游。兴元元年（784）赴京师，皎然致书御史中丞包佶等盛赞其诗，遂名噪一时。文集久佚，《全唐诗》收诗一卷。　　[2] 至道：佛法真谛。无机：无形。杳冥：深幽莫测。

青荧：青灯发出的微光。　　[3]小乘：小乘佛教，以自我解脱而非普度众生为宗旨。

赏　析

皎然中年与灵澈并称，时谚谓"雪之昼，能清秀；越之澈，洞冰雪"。皎然早年积极入世，以诗为道传法行化，但贞元以后倦于此，欲舍弃诗文旧著入山清修。贞元五年（789）李洪出刺湖州，叹息皎然所为是"小乘偏见"。故本诗应是贞元初皎然某次与灵澈同宿越州法华寺时所作。诗言佛法奥义艰深，只有摒弃入世杂念，焚膏继晷与青灯黄卷相伴，或可终成正果。末句"一夜风来"，所携绝非普通诵经声，而是亲闻佛旨，喻指开悟自觉、证得圆满。

顾　况

顾况（约730—806后），字逋翁，自号华阳山人，海盐（今浙江海宁）人。至德二载（757）进士。官至著作郎，贬饶州司户参军。能歌诗，性诙谐，工画山水。曾游历温州、台州、越州等浙东地区，多有吟咏今唐诗之路的作品。晚年隐居茅山。有《顾况集》。

剡纸歌[1]

云门路上山阴雪，中有玉人持玉节。[2]

宛委山里禹余粮，石中黄子黄金屑。[3]

剡溪剡纸生剡藤，喷水捣后为蕉叶。

欲写金人金口经，寄与山阴山里僧。[4]

手把山中紫罗笔，思量点画龙蛇出。

政是垂头蹋翼时，不免向君求此物。

（《顾逋翁诗集》卷二）

注 释

[1]剡纸:剡藤纸,以产于剡县(今浙江嵊州)而得名。西晋张华《博物志》载:"剡溪古藤甚多,可造纸,故即名纸为剡藤。"剡藤纸以薄、轻、韧、细、白,莹润光泽,坚滑而不凝笔,质地精良著称。晋中叶,剡藤纸被官方定为文书专用纸。唐代,称公牍为"剡牍",荐举人才的公函,亦名"荐剡"。后因原料减少而逐渐衰落。　　[2]玉人:得道的高僧或道士,这里当指诗人自己。玉节:手杖的美称。[3]宛委山:又名石匮山、石簣山,亦名玉笥山、龙瑞山,在今绍兴市会稽山,有禹穴、阳明洞、阳明书屋、铁壁居等古迹。禹余粮:又名石饴饼、禹粮石等,一种可入药的矿石。相传为大禹治水时遗落干粮所化。石中黄子:禹余粮中未凝固的黄色液体。　　[4]金人:佛像。

赏 析

　　此诗主题是诗人向山中僧人朋友索取剡纸,但整首诗就像是一部关于剡纸的小型纪录片,每句诗恰似一个分镜,环环紧扣,生动曲折。"云门路上山阴雪,中有玉人持玉节"一联刻画了一个大雪天在崎岖的山路上拄着拐杖艰难行进的老人,引人好奇老人何以雪天入山。"剡溪剡纸生剡藤"以下三联褒奖了在唐朝极富盛名,朝廷官署文书和抄写佛经专用的剡藤纸,又以写经一事引起老僧兴趣,显示自己画龙点睛、笔走龙蛇的本领。由此起承转合,层层铺垫,最后诗人求纸,不显尴尬,反而有点顺理成章的意思,读者想来也当莞尔。

秦　系

　　秦系（约725—约805），字公绪，号东海钓客，越州会稽县人。唐朝处士、诗人。安史之乱时，避难于剡溪。大历五年（770），得推荐任太子右卫率府仓曹参军，不就。建中元年（780），客泉州，隐居于九日山，会见泉州刺史薛播和泉州别驾姜公辅，交好刘长卿、韦应物。贞元四年（788），授校书郎。秦系诗作颇丰。

题镜湖野老所居

湖里寻君去，樵风往返吹。[1]

树喧巢鸟出，路细葑田移。[2]

沤苎成鱼网，枯根是酒卮。

老年唯自适，生事任群儿。[3]

（《唐五代诗全编》卷三二三）

注　释

[1]樵风：典出《后汉书·郑弘传》注引《会稽记》，后指泛舟助行的顺风。　[2]葑田：湖泽中多年生长的植物根茎及残体纠缠在一起，其中夹带有泥土，由于降雨、干旱等影响，时或浮于水面，与水下泥土形成若即若离的状态，此即葑泥、葑田。　[3]生事：生计。

赏 析

此诗写镜湖。诗人题镜湖野老所居,不但山乡是理想居地,镜湖也是理想居地。我国史料上关于"葑田"的记载很多,晋郭璞《江赋》说"标之以翠翳,泛之以游菰",秦系此诗也是在写"葑田",说明浙江绍兴一带利用此种办法种植水稻,即水面种植技术早在唐朝就已经有应用了。宋代利用"葑田"达到高峰,成为一种人工化栽培浮床。

清 任熊 秦系松下吟诗图

陆 羽

陆羽（733—约804），字鸿渐，一名疾，字季疵，自号竟陵子、桑苎翁、茶山御史，复州竟陵（今湖北天门）人。中国古代最负盛名的茶学家，被誉为"茶仙""茶圣"。著述颇丰，多不传，今存《茶经》三卷，究茶之源、茶之法、茶之具。陆羽长期隐居湖州苕溪一带，曾多次来到越中。大历年间鲍防为浙东观察使薛兼训从事，陆羽前来拜访，并赴剡中与隐士朱放等同游剡溪，几年后又与皎然等至兰亭访古。

题会稽剡溪[1]

月色寒潮入剡溪，青猿叫断绿林西。
昔人已逐东流去，空见年年江草齐。[2]

（《唐五代诗全编》卷三一七）

注 释

[1]会稽：指绍兴南部的会稽山脉，是山会平原和南部嵊州、诸暨等地的自然地理分界线。　　[2]昔人：可能是与陆羽、朱放、皎然等人有旧的女冠诗人李季兰。据《唐才子传》载，李季兰"时往来剡中，与山人陆羽、上人皎然意甚相得"。又李氏《湖上卧病喜陆鸿渐至》谓：

"昔去繁霜月，今来苦雾时。相逢仍卧病，欲语泪先垂。强劝陶家酒，还吟谢客诗。偶然成一醉，此处更何之。"足见二人情好非常。

赏　析

本诗写景状物、叙事抒情都较为简洁。先交代入剡时间是在月色皎洁的寒夜，此时两岸猿啼不止。自古猿声作为一种文学意象，除了李白《早发白帝城》，似乎都隐喻哀婉悲戚的情绪，此处也不例外。接下来马上就写到，诗人最为关切的"昔人"已经离开剡中多年，空余江边水草年复一年兀自枯荣，诗人触景生情，只好将离愁别绪托诗以怨。值得一提的是，陆羽不仅嗜茶、精通茶道，还投入毕生精力研究茶，所著《茶经》更是茶学研究的开山之作。不难想见，陆羽往来越中，既为访友，多半也为考察茶事。他不仅对越茶有高度评价，以之为浙东上品，还认为越窑出产的茶碗"类玉""类冰"，"越瓷青而茶色绿"，堪称天下最佳。

耿 沣

耿沣（？—约787），字洪源，籍贯河东（今属山西）。宝应二年（763）进士及第，选授盩厔尉。后入朝为左拾遗（一说右拾遗）。大历十年、十一年（775—776）间，以左拾遗充括图书使赴江淮，为朝廷收集遗籍。贞元初，迁大理司法。与钱起、卢纶、司空曙诸人齐名，为"大历十才子"之一。大历八年至十一年间至越州，与严维、秦系等有酬唱诗作。

登沃州山[1]

沃州初望海，携手尽时髦。[2]

小暑开鹏翼，新蓂长鹭涛。[3]

月如芳草远，身比夕阳高。

羊祜伤风景，谁云异我曹。[4]

（《耿拾遗诗集》）

注 释

[1]沃州山：一般写作沃洲山，在今新昌县城东。　[2]时髦：当时的杰出人物。　[3]鹏翼：比喻远大的志向。蓂：瑞草。鹭涛：文

思如白鹭翱翔，才情如波涛涌起。　　[4]羊祜：晋代名臣羊祜驻守襄阳时，喜爱襄阳城外岘山风景。曾在登临岘山时，感慨人生短暂而景物不改，表示若死后有知，魂魄也要常来此山。

赏　析

　　自晋以来，沃洲是文人雅士向往的地方。耿沣究竟是何时因何事到沃洲，一时难以考定，但诗开篇说，"沃洲初望海"，那应该是第一次；而"望海"，应该是望云海。登越地峰峦，多可见云雾起涌于半空如海潮翻滚。面对这雄奇的壮观，负有盛名的才子和同行的青年才俊们不由得豪情万丈，文思泉涌。顾视渐渐东升的明月和即将没入西山的夕阳，感慨宇宙的永恒与人生的短暂，而沃洲的美景已经深入灵魂，这正是与晋代名臣羊祜在岘山感叹时相契合的心境。景和情，历史和现实，无间地融合在一起。耿沣"重芳叠业""抱明禀秀"的风采与沃洲山明秀风景也相映成辉。

朱少端

朱少端（生卒年不详），今存诗仅此一首，见于日人圣贤撰空海传记《高野大师御广传》，诗前有题署作"越府乡贡进士"。与之同收的还有朱千乘、昙靖、鸿渐、郑壬等越州僧俗赠别空海之作。

送空海上人朝谒后归日本国[1]

禅客祖州来，中华谒帝回。[2]

腾空犹振锡，过海来浮杯。[3]

佛法逢人授，天书到国开。[4]

归程数万里，后会信悠哉。

（《唐五代诗全编》卷五八六）

注 释

[1] 空海上人：日僧空海，俗名佐伯真鱼，灌顶名号遍照金刚，谥号弘法大师，日本佛教真言宗创始人。幼习儒学，二十二岁出家，贞元二十年（804）五月入唐，次年入三朝国师长安青龙寺惠果门下亲承唐密正宗，并收集经书法器。元和元年（806）初，空海启程东归，上书

越州观察使杨于陵"求内外经书",留越逾半年。本诗正是在空海初至越州,朱少端等与之交往不久后的留别之作。　　[2]祖州:此指日本。　　[3]振锡:僧人持锡杖而行,杖头锡环碰撞出声音。浮杯:三月上巳曲水流觞之俗。　　[4]天书:指唐朝国书。

赏　析

　　浙东运河是中外文明交流的重要窗口,经浙东运河往返的外邦僧俗使者舳舻相望,越州也由此成为古代海上丝绸之路的重要节点。在空海到来的前一年,与他同时入唐的最澄已在越州获得大量珍贵内典佛具返国。正因如此,归国心切的空海才在越州停下脚步。收集经文的同时,他很快与越中僧俗建立了友谊。三月某日,朱少端等五人为他赋诗送行。朱诗回顾了空海漂海东来面对艰难险阻时矢志不渝的意志;又借兰亭雅集,喻指空海凭自身高超的佛法修为和出众的艺术修养享誉唐境,成为中日友好的标志性人物;还想象了空海归国后潜心弘法,传播唐朝先进文化的图景。末联看似夸张却饱含最平凡真诚的人类情感,与空海也许再也无法相见了,但还是要道一声珍重。

孟 郊

　　孟郊（751—814），字东野，祖籍平昌（今山东临邑），出生于湖州武康（今浙江德清）。唐代著名诗人。贞元十二年（796）进士。孟郊虽在仕途上未显达，但其文学成就卓著。他曾在绍兴一带游历，留下足迹，其诗歌中不乏对江南水乡美景的描绘与赞美。在绍兴的文化历史长河中，孟郊不仅以其卓越的诗才为人称道，更因其在绍兴的游历与创作，成为连接古今文化的桥梁，让后人得以窥见唐代诗人的风采与绍兴地域文化的独特魅力。

越中山水

日觉耳目胜，我来山水州。

蓬瀛若仿佛，田野如泛浮。[1]

碧嶂几千绕，清泉万余流。[2]

莫穷合沓步，孰尽派别游。

越水净难污，越天阴易收。

气鲜无隐物，目视远更周。

举俗媚葱蒨，连冬撷芳柔。[3]

菱湖有余翠，茗圃无荒畴。

赏异忽已远，探奇诚淹留。

永言终南色，去矣销人忧。

（《孟郊集校注》卷四）

注　释

[1]蓬瀛：古代传说中的仙山，这里用以比喻越中山水之美，仿佛仙境一般，令人心旷神怡。　[2]碧嶂：指青翠的山峰。　[3]葱蒨：草木青翠茂盛的样子。

赏　析

　　此诗以清新脱俗的笔触，勾勒出绍兴山水的独特韵味。诗人笔下，绍兴的山水不仅美如仙境，更洋溢着一种难以言喻的清新与纯净。碧嶂清泉，环绕交织，展现出绍兴自然风光的壮丽与细腻。诗人对越水、越天有着深刻的体悟，这不仅是对自然景观的描绘，更是对绍兴这片土地的赞美。而"举俗媚葱蒨，连冬撷芳柔"，则揭示了绍兴百姓与自然和谐共生的生活哲学，以及他们对美好事物的无限追求。整首诗通过对绍兴山水的细腻描绘，展现了诗人对这片土地的深厚情感与高度赞美。

白居易

　　白居易（772—846），字乐天，晚号香山居士，又号醉吟先生。原籍太原（今山西太原），自曾祖始迁居下邽（今陕西渭南），生于郑州新郑（今河南新郑）。建中四年（783），中原兵乱，白家曾避难于越中。贞元十六年（800）进士及第，官至刑部尚书。白居易一生诗作丰厚，生前曾多次对自己的诗文进行编集，会昌五年（845）编定，题为《白氏长庆集》。长庆二年（822），白居易自中书舍人除杭州刺史。次年，好友元稹调任浙东观察使兼越州刺史。二人相距不远，常以诗歌唱和，互赞西湖与镜湖。

酬微之夸镜湖

我嗟身老岁方徂，君更官高兴转孤。[1]

军门郡阁曾闲否，禹穴耶溪得到无？[2]

酒盏省陪波卷白，骰盘思共彩呼卢。[3]

一泓镜水谁能羡，自有胸中万顷湖。

（《白氏长庆集》卷五三）

注　释

[1]徂：消逝，过去。　　[2]郡阁：郡守的府院，指元稹的越州刺史衙门。禹穴：在绍兴宛委山，相传大禹于此得金简仙书。耶溪：即若耶溪。　　[3]波卷白：即卷白波，一种酒令。骰盘：掷骰子的盘子。呼卢：谓赌博。

赏　析

　　此诗作于长庆二年至四年五月间，时白居易官杭州刺史，元稹任越州刺史。二人多有唱酬，元稹作《戏赠乐天复言》，中有诗句"孙园虎寺随宜看，不必遥遥羡镜湖"，白居易遂以此诗答之。诗歌开篇将自己与元稹作比，感叹一年匆匆而逝，自己的身心都在走向衰老，元稹却官运亨通，兴致反而不如从前。继而向元稹发出疑问，可曾从繁忙的军务政事中抽出身来，去禹穴、若耶溪赏玩一番？接下来是诗人对元稹娱乐活动的想象，结尾是诗人对元稹说的话。其实，无论是元稹写给白居易的诗，还是白居易的这首和诗，都表现出诗人对对方的关心与期许：要珍惜当下，及时行乐，不为世俗事务所牵绊。二人的深厚情谊由此可见一斑。

章孝标

　　章孝标（生卒年不详），字道正，睦州桐庐（今浙江桐庐）人，家钱塘（今浙江杭州）。元和十四年（819）进士及第，初授秘书省正字，长庆三年（823）前后迁校书郎，不久归杭州，谒白居易，后又赴浙东，谒越州刺史、浙东观察使元稹。大和中，以大理评事充山南东道节度使从事。章孝标诗风"清切"，惜才高位卑。《云溪友议》称："前辈有章八元，后有章孝标，皆桐庐人，名虽远而位俱不达。"

曹娥庙[1]

孝女魂兮何所之？故园遗庙两堪悲。

岭头霞散漫涂脸，江口月沉难画眉。

恨迹未消云黯黯，愁痕长在浪漪漪。[2]

人间荣谢不回首，千载波涛丧色丝。[3]

（《唐五代诗全编》卷六七五）

注　释

[1]曹娥庙：纪念东汉孝女曹娥之庙。《后汉书·列女传》载："孝

女曹娥者，会稽上虞人也。父盱，能弦歌，为巫祝。汉安二年（143）五月五日，于县江溯涛婆娑迎神，溺死，不得尸骸。娥年十四，乃沿江号哭，昼夜不绝声，旬有七日，遂投江而死。至元嘉元年（151），县长度尚改葬娥于江南道旁，为立碑焉。"　　[2]黯黯：光线昏暗。此处又衬托诗人的忧愁。漪漪：水波荡漾貌。　　[3]荣谢：草木茂盛与凋零。亦喻人世的兴衰。色丝：典出《世说新语·捷悟》，指"绝妙好辞"。后以"色丝"称赞诗文绝妙，亦以"色丝碑"为曹娥碑的代称，也泛指歌功颂德的碑文。

赏　析

　　章孝标自杭州到越州，大概目的有二，其一是拜谒越州地方长官元稹，其二是为饱览浙东山水，曹娥庙是其"打卡点"之一。孝女之魂已不知所往，仅存故园、遗庙使人忧愁、伤悲。此时周边所见，云霞散漫、江口月沉，又因曹娥为女子，残月如眉，半弦如梳，诗人由此联想到涂脸、画眉之事。几百年过去了，暮云沉沉、江水漪漪，人们借助曹娥庙表达对这位年仅十四岁的孝女绵长的思念。此情此景，诗人不禁兴人生荣枯之叹——"人间荣谢不回首，千载波涛丧色丝"。

李 绅

李绅（772—846），字公垂，润州无锡（今江苏无锡）人。元和元年（806）进士及第。曾入浙西观察使李锜幕。穆宗即位，擢翰林学士，与李德裕、元稹同在翰林，时号"三俊"。后历任端州司马、江州长史、滁州刺史、寿州刺史、浙东观察使等职。武宗即位，先后任淮南节度使、中书侍郎、同中书门下平章事。会昌六年（846）七月卒，年七十五，赠太尉，谥文肃。李绅与元稹、白居易交游甚密，为新乐府运动的倡导者和参与者。

东武亭 [1]

亭在镜湖上，即元相所建，亭至宏敞，春秋为竞渡大设会之所。[2] 余为增以板槛，延入湖中，足加步廊，以列环卫。[3]

绿波春水湖光满，丹槛连楹碧嶂遥。[4]

兰鹢对飞渔棹急，彩虹翻影海旗摇。[5]

斗疑斑虎归三岛，散作游龙上九霄。[6]

鼉鼓若雷争胜负，柳堤花岸万人招。[7]

（《追昔游集》卷中）

注 释

[1]东武亭：在龟山。唐时龟山为镜湖中一岛，亦为舟楫比赛之处。龟山上建有应天塔，亦名塔山。又相传此山从东武海中而来，故又名东武山。　　[2]元相：即元稹。长庆二年（822）二月，元稹以工部侍郎同平章事，与裴度同拜相。六月，因与裴度不和，同罢相，元稹出为同州刺史。次年，授越州刺史、浙东观察使。　　[3]板槛：木板栏杆。　　[4]丹槛：赤色的栏杆，当即序中所称的"板槛"。碧嶂：青绿色如屏障的山峰。　　[5]兰鹢：头部绘有鹢的船，后多为船的美称。鹢，古书上说的一种似鹭的水鸟，借指船。　　[6]三岛：指传说中的蓬莱、方丈、瀛洲三座海上仙山，亦称"三山"。九霄：天之极高处，高空。　　[7]鼍鼓：用鼍皮蒙的鼓。其声亦如鼍鸣。

赏 析

此诗为《新楼诗二十首》之一，为追忆之作。李绅与元稹早年相识，又担任浙东观察使，在越期间，难免想起往事。元稹已于大和五年（831）暴卒，李绅在元稹所建东武亭的基础上，"增以板槛，延入湖中，足加步廊"，既是造福越州百姓，也是对老友的怀念。诗人回想自己在越州时观看竞渡的场景，比赛开始前，从亭中望去，碧波万顷的镜湖与远处如碧绿屏障般的山峰相连。比赛开始后，只见绘有鹢鸟图案的彩舟在水面飞渡、船上的海旗迎风飘摇如同彩虹。又见他们竞相前进、时聚时散，竞渡之舟如斑虎归三岛，又如游龙飞九霄。船上传来的击鼓声，如雷声一般，长满柳树的堤岸上约有万人呼喊。声势多么浩大，场面何其壮观！

刘禹锡

刘禹锡(772—842),字梦得,洛阳(今属河南)人。贞元九年(793)进士及第。贞元末年参与"永贞革新",失败后屡遭贬谪。开成元年(836),迁太子宾客,世称"刘宾客"。有《刘梦得文集》。刘禹锡与白居易并称"刘白",与柳宗元并称"刘柳"。他的《竹枝词》《杨柳枝词》《乌衣巷》等均为传世名篇。

送元简上人适越

孤云出岫本无依,胜境名山即是归。[1]

久向吴门游好寺,还思越水洗尘机。[2]

浙江涛惊狮子吼,稽岭峰疑灵鹫飞。[3]

更入天台石桥路,垂珠璀璨拂三衣。[4]

(《刘禹锡集笺证》卷二九)

注　释

[1]岫:山洞。　[2]吴门:苏州。尘机:指世俗的心计与意念。
[3]浙江:钱塘江。稽岭:会稽山。　[4]石桥:又名石梁,在天台山上。垂珠璀璨:语出孙绰《游天台山赋》"琪树璀璨而垂珠"。

三衣：佛教僧尼的法衣。

赏　析

  这是唐代刘禹锡写给元简上人的一首送别诗，表达了诗人对朋友的深情以及对越地山水的赞美。全诗通过生动的自然景象描绘，传递出一种超脱尘世、心归自然的情怀。"孤云出岫本无依"通过孤云的漂浮，隐喻人若能够超然物外，就像云朵无所依托却自由自在；接着"胜境名山即是归"，则转向赞美越地山水，体现了诗人对名山胜境的向往。"久向吴门游好寺，还思越水洗尘机"表现出诗人对于越水的深厚情感，将越水视为心灵的净化之地，传达出他对清净、远离尘嚣的向往。"浙江涛惊狮子吼，稽岭峰疑灵鹫飞"通过生动的景象，展现了钱塘江潮水波涛汹涌，会稽山山势灵动，表达了越地山水的壮丽与神秘。最后，"更入天台石桥路，垂珠璀璨拂三衣"以天台的石桥为结尾，进一步提升了诗的境界，表现了诗人对越地自然与人文交织之美的赞美。整首诗语言简洁而富有画面感。

元 稹

　　元稹（779—831），字微之，河南（今河南洛阳）人。贞元九年（793）明经擢第，历任左拾遗、监察御史、江陵士曹参军等职，累官中书舍人、翰林学士承旨。长庆二年（822）由工部侍郎拜相，未几，因与裴度不和罢相，次年任越州刺史、浙东观察史，后官至武昌军节度使。元稹诗与白居易齐名，世称"元白"。有《元氏长庆集》。元稹在越州刺史任上，所辟幕僚皆当时文士，常游镜湖、秦望山，同时有一批外地文士奔元稹而来。除此之外，元稹还通过寄赠的形式向杭州刺史白居易、湖州刺史崔玄亮夸耀越州山水，编为《三州唱和集》。

寄乐天[1]

莫嗟虚老海壖西，天下风光数会稽。[2]

灵汜桥前百里镜，石帆山崦五云溪。[3]

冰销田地芦锥短，春入枝条柳眼低。[4]

安得故人生羽翼，飞来相伴醉如泥。[5]

（《元稹集》卷二二）

注　释

[1]乐天：白居易字乐天，时为杭州刺史。　[2]海壖：海边地。亦泛指沿海地区。　[3]灵汜桥：《嘉泰会稽志》卷一一载："灵汜桥在县东二里，石桥二，相去各十步。"百里镜：镜湖。石帆山：在今绍兴市东南。五云溪：若耶溪的别名，北流入镜湖。　[4]芦锥：芦芽。柳眼：早春初生的柳叶如人睡眼初展，故称。　[5]故人：指白居易。

赏　析

　　此诗作于长庆四年春。诗人开篇即点明对越地的喜爱之情——"天下风光数会稽"。灵汜桥前可见百里镜湖，碧波万顷；石帆山下有五云溪水，山水辉映，这是常景。而此时更有无限春景，田中刚冒出的芦芽如锥一般向上生长，树上初生的柳叶如人眼似醒非醒。面对此情此景，诗人热切期待老友能够生出羽翼，快速飞到自己身边，共同在这初春的气息中把酒言欢、一醉方休。

　　白居易收到此诗后作《答微之见寄》："可怜风景浙东西，先数余杭次会稽。禹庙未胜天竺寺，钱湖不羡若耶溪。摆尘野鹤春毛暖，拍水沙鸥湿翅低。更对雪楼君爱否，红栏碧砌点银泥。"将杭州美景与越州一一比较，这是故友间的逞才竞技，也是互相打趣。

赵 嘏

赵嘏(约806—约852),字承祐,出生于楚州山阳(今江苏淮安)。唐代诗人。年轻时曾游历至越州,这段经历对他影响深远。在绍兴,他投身于元稹门下,担任幕僚。这段时光让他得以与当时的文坛精英交流切磋。在元稹的引领下,赵嘏的诗文创作日益精进,逐渐在文坛崭露头角。绍兴的山水与文化氛围,为赵嘏的诗歌创作提供了丰富的灵感与素材。他笔下的绍兴,既有江南水乡的温婉细腻,又不失文人士大夫的豪迈情怀。这段在绍兴的幕僚生涯,不仅是他人生中的重要阶段,也为他日后的文学创作奠定了坚实的基础。

九日陪越州元相宴龟山寺 [1]

佳晨何处泛花游,丞相筵开水上头。

双影斾摇山雨霁,一声歌袅寺云秋。[2]

林花静带高城晚,湖色寒分半槛流。[3]

共贺万家逢此节,可怜风物似荆州。

(《文苑英华》卷二一六)

注 释

[1]元相：即元稹，时任越州刺史。　　[2]双影旆：指丞相等官员的仪仗旗帜，因风而摇曳，形成双重影子。　　[3]林花静带高城晚：远处的城墙在傍晚时分，与林花相映，增添了几分静谧与庄严。

赏 析

此诗深刻展现了绍兴地区独有的风物之美与文化底蕴。诗以重阳佳节为背景，巧妙地将自然景致与人文活动融为一体。龟山寺作为绍兴的名胜古迹，不仅是宴会的地点，更承载了深厚的文化底蕴。"丞相筵开水上头"一句，既描绘了宴会的盛况，又借水边之景，映衬出绍兴的灵秀之气。而"双影旆摇山雨霁"一句，不仅刻画了雨后初晴的清新景象，也隐喻了绍兴在历经风雨后依然生机勃勃的文化生态。整首诗通过对宴会场景的细腻描绘，展现了绍兴在传统节日中的独特风情与繁荣景象，同时也表达了对绍兴这片文化沃土的热爱与敬仰。

方 干

方干(? —约888),字雄飞,门人私谥为玄英先生,原籍新定(今浙江建德),其父迁居桐庐(今浙江桐庐)。唐宣宗时,应举不第,遂隐居镜湖。咸通年间,方干得浙东廉访使王龟竭力推荐却未见用。方干终身布衣而声名颇盛,时人孙郃曾在《哭玄英方先生》诗中称方干"官无一寸禄,名传千万里"。宋景祐年间,范仲淹守睦州,绘方干像配享严陵祠。方干工于律诗,诗风近贾岛、姚合,亦以"苦吟"著称。

镜中别业(其一)[1]

寒山压镜心,此处是家林。[2]

梁燕窥春醉,岩猿学夜吟。

云连平地起,月向白波沉。

犹自闻钟角,栖身可在深。[3]

(《玄英集》卷一)

注 释

[1]镜:镜湖。别业:在原有住宅之外,依据心境需求另外营造的居

所或园林。　　[2]寒山：湖中岛名，后人称为"方干岛"。　　[3]钟角：钟声和号角声。

赏　析

　　这是诗人闲居湖心岛，度过幽幽春夜，迎来又一个清晨，就所见所闻之景及所思所感之情的抒写。清冷的小山，静静地搁置在像镜子一样明丽的湖心中，这里便是我的家园——这是"别业"的俯视全景。无论白天黑夜，都是那么清幽闲适。房梁上，燕子偷偷地打量着今春酿制的新酒；山崖上，不时传来像猿猴一样哀哀的啼叫声——这是酣眠初觉所见所闻。与春燕美酒为伴，不乏雅致，遁世而处是自己的选择；啼声有丝丝哀怨，隐隐忧愁，怀才不遇总有所遗憾。时已清晨，侧身而望，南窗东角，白云涌起，云根连着大地；西角，寒月下沉，已依着洁白的湖面。隐隐地，还可以听到报更的钟声——这般幽深和清静，正是诗客栖身的地方。

罗 隐

罗隐（833—910），原名横，字昭谏，自号江东生，因屡举进士不第，遂改名为隐，新城（今属浙江杭州）人。光启三年（887）归谒杭州刺史钱镠，被辟为从事，又表为钱塘县令，后授司勋郎中、镇海节度判官等职。后梁开平二年（908）授吴越国给事中。罗隐少英敏，善属文，工七律，多讽世、咏史之作，在唐末与罗虬、罗邺并称"三罗"，有《歌诗集》《甲乙集》等，清人辑有《罗昭谏集》八卷。罗隐与绍兴颇有渊源，曾访绍兴诸暨西施故里作诗。

西 施[1]

家国兴亡自有时，吴人何苦怨西施。
西施若解倾吴国，越国亡来又是谁？

（《罗隐集·甲乙集》）

注 释

[1]西施：春秋时期越国人，出生于今浙江诸暨，相传勾践借助西施向吴国复仇。此诗为罗隐访绍兴诸暨西施故里时所作。

赏　析

　　这是一首以"西施"为题材的咏史诗。世人惯将吴国倾覆的原因归咎于西施，但罗隐开篇便指出政权的兴亡衰败自有其时运，而世人企图将罪恶推于一人之身，妄想以"美色误国"为由为真正的历史罪人开脱。罗隐直指社会对女性无端指责的错误观念，亦隐含着对吴国统治阶层的讽刺。诗以假设作结，如若西施是吴国倾覆的原因所在，那么越国的灭亡又该归咎于谁呢？罗隐的假设推论再次揭示了历史兴亡的复杂性。《西施》一诗是对传统论调的大胆反叛，至今仍旧警醒后人，要以公正、客观的态度评价历史和人物。

五代　周文矩（传）　西子浣纱图

鱼玄机

　　鱼玄机（约 844—868），字幼微，一字蕙兰，长安（今陕西西安）人。晚唐女诗人。咸通年间嫁与李亿为妾，咸通中于长安咸宜观出家为道士，后因笞杀女婢绿翘事下狱被处死。其人少时机敏，工于诗，与时下文士酬唱交往颇多，与李冶、薛涛、刘采春并称唐代四大女诗人，陆昶《历朝名媛诗词》评鱼玄机"诗文藻有余，格局不高，大抵意致流逸，出入一概情味语，比李季兰稍逊"。

浣纱庙

吴越相谋计策多，浣纱神女已相和。[1]
一双笑靥才回面，十万精兵尽倒戈。
范蠡功成身隐遁，伍胥谏死国消磨。
只今诸暨长江畔，空有青山号苎萝。[2]

（《唐五代诗全编》卷八一四）

注　释

[1]浣纱神女：指西施。　　[2]诸暨：今浙江绍兴诸暨。诸暨西施祠庙的建筑历史十分悠久，历经数代，屡次重建。苎萝：苎萝山，在今

诸暨城西，西施浣纱处。

赏 析

  这是一首以吴越争霸为题材的咏史诗，鱼玄机以其细腻的视角，细数了西施、范蠡、伍子胥等风云人物。诗从吴越激烈的政治较量起笔，双方计谋层出不穷，而西施作为两国斗争中的一枚棋子，命运早已和国家兴亡息息相关。其后运用夸张手法，西施仅回头展露笑颜，众多精兵便倒戈止战，表现了"浣纱神女"之美丽。越国谋臣范蠡，在灭吴之战中立下赫赫战功，却在功成之际归隐江湖。反观吴国，伍子胥一心为国，数次劝谏，反被赐死。三人既推动了历史的进程，却也在洪流之中走向了不同的命运。而如今，风流人物俱往矣，诸暨江畔，唯余浩荡东流的江水和静静伫立的苎萝山，留给读者淡淡哀愁与无限遐思。

吴　融

吴融（？—903），字子华，越州山阴人。晚唐著名诗人，工诗善文，才名甚著。龙纪元年（889）中进士第，官至户部侍郎、翰林学士承旨。有《唐英歌诗》。其诗文风格多样，成就颇高。吴融生长于绍兴，故乡风物盛景，如法华寺、五云溪、禹穴等古刹名迹，常出现在他的诗作中。此外，吴融宦海沉浮，常年客居在外，绍兴古名"越州"，其诗中常以"越客"指代漂泊在外的自己，如"须知越吟客，欹枕不胜情""谁怜越客曾闻处，月落江平晓雾开"等。绍兴至今仍有吴融村。

题越州法华寺

寺在五峰阴，穿缘一径寻。[1]

云藏古殿暗，石护小房深。

宿鸟连僧定，寒猿应客吟。[2]

上方应见海，月出试登临。

（《唐五代诗全编》卷八八八）

注　释

[1]"寺在"句：法华寺坐落在秦望山西北麓，此处五山相连，十峰林立。　　[2]宿鸟：归巢的鸟。

赏　析

　　唐代越州佛寺众多，法华寺更是越中名刹，成为诗人们题咏的对象。吴融生于越州，自是对越州名胜古迹有非同寻常的情感。这首诗以法华寺为核心，从其风景清幽处着墨，为读者展开了一幅如诗如画的古卷：寺庙坐落在重峦之中，云雾罩着幽暗古老的殿宇，禅房掩映于石林深处。夜色茫茫，归巢的鸟儿与哀婉的猿啼，禅定的僧人与来访的客人彼此映衬。一轮明月在寒夜中悄然升起，诗人登上山巅，望见了远处布满银辉的海面。此诗辞简义丰，虽写寺庙，却也见山见水，兼有猿鸟，呈现了秀丽清幽的越中山水和越地悠久的佛教文化。

宋　李成　晴峦萧寺图

浙江诗话

宋元

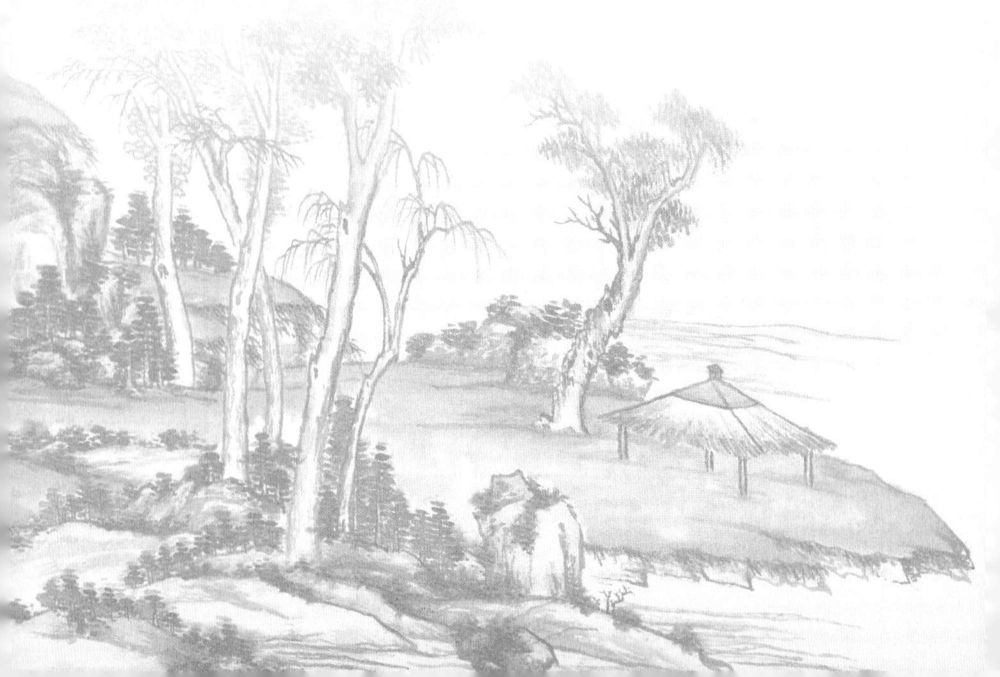

范仲淹

范仲淹(989—1052),字希文,祖籍邠州(今陕西彬州),移居苏州吴县(今江苏苏州)。大中祥符八年(1015)进士及第,官至参知政事,主持庆历新政。皇祐四年(1052)卒,谥文正。有《范文正公文集》。宝元二年(1039),范仲淹知越州,政绩斐然。曾疏浚清白井,营建清白堂,扶危济困,其间留下不少诗词文赋。

题翠峰院 [1]

翠峰高与白云闲,吾祖曾居水石间。[2]

千载家风应未坠,子孙还解爱青山。

(《范仲淹全集》卷四)

注 释

[1]翠峰院:在今浙江绍兴诸暨,据传为范蠡旧宅。 [2]"吾祖"句:范仲淹自认为是范蠡的后代。

赏 析

宝元年间,范仲淹仕宦越州,曾专程到诸暨寻访范蠡旧宅翠峰院。诗人从眼前景致着墨，极目远眺，隐于高处的翠峰院似与悠悠白云一般，有超然物外之态。"闲"既写天际流云，又写诗人淡泊心境，范仲淹漫步于青山绿水间，思绪回到了先祖范蠡幽居此间山水的遥远岁月，想到了他复国雪耻、功成身退泛舟五湖的高洁志趣，也想到了自己宦海沉浮的人生。三、四句由景入情，范仲淹认为，范氏一族忠君辅国、不慕荣华的高风亮节至今犹在，作为范蠡之后，他同样心怀"爱青山"之情，渴望在功成之后远离尘世纷扰，获得精神上的超脱。这也是他"先忧后乐"政治理想的另一种体现。

晏　殊

　　晏殊（991—1055），字同叔，抚州临川文港镇（今属江西南昌）人。少有才名，景德二年（1005）以神童召试，赐同进士出身，擢秘书省正字，后历任翰林学士、枢密副使、御史中丞、三司使、参知政事等，官至集贤殿学士、同平章事兼枢密使。至和二年（1055）卒，谥元献。晏殊善于荐拔人才，范仲淹、富弼、欧阳修、张先等皆出其门。其词享誉文坛，尤擅小令。有《珠玉词》一卷。除《忆越州》外，晏殊在《留题越州石氏山斋》中也表达了对越州的向往。

忆越州二首

其一

鉴湖清澈秦望高，涵虚逗碧供吟毫。[1]

当日醉眼倚空阔，三江七泽才容舠。[2]

其二

湖山杳渺不可状，登览幽求无所遗。[3]

高僧伴吟足清览，见尽白莲开落时。

（《会稽掇英总集》卷一五）

注 释

[1]秦望:秦望山。会稽山脉中的最高峰。吟毫:诗笔。 [2]三江七泽:泛指江河湖泽。舠:小船。 [3]幽求:搜求寻访。

赏 析

　　这首诗以"忆"为诗眼,回顾了越州的自然美景。诗人将目光聚焦于鉴湖与秦望山,这一湖一山深邃又幽远,湖水澄澈如镜,倒映着辽阔的天空,远处的秦望山高耸入云,诗人登山临水,不遗漏任何一处美景,在清明朗净的山水中纵逸散怀,忘却机心。晏殊此行并不孤单,诗在尾联引入了高僧这一形象,诗人与僧人在山水间相伴而行,见证了湖中白莲从盛放到凋零,这种生命体悟使得整首诗在疏朗明快之余又兼有禅意与哲理,更增添了几分清雅的韵味。《忆越州》两首诗笔势畅达,抓住了景物"清"的特点,在有限的篇幅里呈现了越中山水的秀美与明澈。

张伯玉

张伯玉(1003—约1068),字公达,建安(今福建建瓯)人。天圣二年(1024)举进士,后又登书判拔萃科。历知睦、越、福等州,官终司封郎中。性嗜酒爽朗,文章豪迈,诗歌清脱。《宋史·艺文志》著录《蓬莱诗》二卷,早佚。《会稽掇英总集》多存其诗,其中《州宅并序》开篇即道"余尝爱越中山水"。庆历、至和间先后与前任越州知州范仲淹、王逵交往,赋诗酬赠。嘉祐八年(1063)知越州。

会稽山

稽山何崔嵬,奠此东南区。[1]

群山状趋附,万壑流萦纡。[2]

畴昔大禹来,简计天下书。

诸侯率麕至,万玉争凫趋。[3]

防风独强梁,后至行趑趄。[4]

天威不可舍,败骨盈高车。[5]

至今憔悴烟,惨澹藏封隅。[6]

遂令百世后，尊王无异图。

乃知圣人心，赏罚尽贻谟。[7]

（《会稽掇英总集》卷五）

注　释

[1]崔嵬：形容山体高大。　　[2]萦纡：盘旋环绕。　　[3]麕至：同"麇至""麏至"，群集而来。万玉：喻指百官。凫趋：比喻百官像鸭子一样排队赶来。　　[4]防风：防风氏。强梁：勇武有力、性情暴戾。趑趄：行走不稳，此谓行事犹豫，怀有二心。　　[5]盈高车：指防风氏身材高大，尸身装满大车。　　[6]封隅：防风氏所在的防风山在今浙江德清县东南。据《太平寰宇记》，防风山旧名封隅山，天宝六载（747）敕改。　　[7]贻：留下。谟：典则、规章。

宋　赵伯驹　禹王治水图（局部）

赏 析

　　大禹治水功成,擘画九州,天下平治。祭禹始于少康子无余,自秦始皇起历代不绝,而成为制度性的国家祭典正是在北宋时期。张伯玉时知越州,所作虽以会稽山为题,却非流连山水,而是借此咏大禹计功会稽史事。禹功毕于会稽,诸侯蜂拥而至,诗人以群山依附会稽主峰起兴,喻指国家秩序建立后,禹成为天下之主。松散的部落联盟被世袭制的"家天下"取代,是彼时社会制度的巨大进步。防风氏因迟到(或怀异心)被禹斩杀,后世文献多有演绎。张伯玉则是从大禹通过杀伐决断来区别君臣、奠定典则,迅速建立统治秩序这一角度阐释历史,感叹王道、霸道,俱是圣人之心。

苏舜钦

苏舜钦(1008—1049),字子美,祖籍梓州铜山(今四川中江)。景祐元年(1034)进士,改光禄寺主簿,历任大理评事、集贤殿校理、监进奏院等职位。支持范仲淹推行的"庆历新政",遭到御史中丞王拱辰劾奏,罢职闲居苏州,修建沧浪亭。庆历八年(1048),任湖州长史,未及赴任,因病去世。苏舜钦提倡古文运动,善诗词,与梅尧臣合称"苏梅"。著有《苏学士集》。

大禹寺 [1]

鉴湖尽处众峰前,寺古萧疏水石间。[2]

殿阁北垂连禹庙,松筠东去入稽山。[3]

坐中岩鸟自上下,吟久溪云时往还。

我厌区区走名宦,未能来此一生闲。[4]

(《苏学士集》卷七)

注　释

[1] 大禹寺:为禹陵三大建筑群(禹陵、禹祠、禹庙)之一,在禹陵之左。建于南朝梁大同十一年(545)。自唐以来为佛家有名的禅院。

历经兴废，二十世纪八十年代于其基址上改建现今的禹祠。庆历元年（1041）舜钦奔母丧至会稽后，写了《越州云门寺》等几首游览名胜的佳作，此为其中之一。　　[2]尽处：尽头的地方。萧疏：清寂稀散。水石间：在鉴湖与众峰之间。　　[3]北垂：向北面低下。禹庙：即大禹庙，也就是原来的禹祠，在禹陵北侧。松筠：松竹。　　[4]区区：犹仆仆，忙碌劳顿的样子，又有凡庸愚鲁之意。走：奔走操劳。名宦：名声和官位。

赏　析

此诗写大禹寺景象，境界空阔，历历如画。首联是俯瞰，"萧疏"二字很有意味。颔联是远瞻，明确了禹寺在禹陵建筑群中的方位，又描绘了殿宇连绵、相接苍山的气势。松筠正是坚韧不拔的代名词。颈联是近观，目光与思绪皆返归当下，写出了环境的自由自在和恬适悠闲，自然地过渡到尾联的"闲"。尾联看似只照应颈联，然而回顾首联的"萧疏"，颔联的"禹庙"与"稽山"，联系诗人过往的经历，能感受到看似平实的景物描述中蕴含的强烈感情。诗人真实的内心，是效法于这寺供奉的禹圣，正如其《上三司副使段公书》提及的"尝谓人之所以为人者……道与义，泽于物而后已"。

赵 抃

赵抃（1008—1084），字阅道，号知非子，衢州西安（今浙江衢州）人。景祐元年（1034）进士，官至参知政事，五任御史，曾先后出任福建、江西、四川、山东、浙江等多处地方官员。浙江是赵抃的出生地和成长地，考其仕履，又多次任职浙江，其中嘉祐元年至二年（1056—1057）知睦州，熙宁三年（1070）出知杭州，熙宁七年至九年知越州，熙宁十年至元丰元年（1077—1078）再知杭州，莅任之地皆有治声，曾巩撰《越州赵公救灾记》记其治越善政。传世著述有《赵清献公文集》十卷，存大量咏浙诗文，杭、越两地俱多名篇。

寄酬前人上巳日鉴湖即事（其一）[1]

禊饮已经佳节后，画船犹泛若耶滨。[2]

未还魏阙陪仙使，且向稽山作主人。[3]

赓唱我知长引玉，恳归谁道苦思亲。[4]

鉴湖也似西湖好，两处风光一样春。

（《赵清献公文集》卷四）

注 释

[1]寄酬：犹寄赠。酬赠诗的常见题名用词。前人：考《赵清献公文集》卷四，此诗列《次韵程给事越州元夕观灯》后第五诗题，前四诗题名，皆作"次韵前人""有怀前人""寄酬前人"等，故诸诗寄怀之"前人"，同为熙宁十年以给事中充集贤殿修撰出任越州知州的程师孟。师孟字公辟，吴县（今江苏苏州）人，祖籍新安，与赵抃为景祐元年同榜进士。同卷前此有《送程给事守越州》七律一首，创作时间在熙宁十年十月，则此诗当作于元丰元年三月，时赵抃由越州移知杭州，程师孟接替赵抃知越州。上巳日：农历三月初三,古称上巳节。 [2]禊饮：谓古时农历三月上巳日之宴聚。 [3]魏阙：旧指官门上巍然高出的观楼，后指代朝廷。仙使：此处誉称皇帝使者。稽山：会稽山的省称，亦代指绍兴。 [4]赓唱：谓以诗歌相赠答。"恳归"句：赵抃祖上因唐末之乱，自京兆奉天（今陕西乾县）徙家于越，至赵抃祖父赵湘复由越徙衢，始为衢州人，会稽山正垅葬赵抃祖茔，故赵抃一生亦视越州为故乡。

赏 析

熙宁十年六月，赵抃由越州移知杭州；十月，其同榜进士兼挚友程师孟接任越州。至此，两位能吏兼诗人互为善邻，彼此以善治相策励，并努力追寻当年元白竹筒传诗、徜徉山水的那一份惬意。该诗题旨选择了最具越地人文意象的禊集佳日和山水胜景——上巳日和鉴湖来展开，此为三首其一。首联状景，想象在故乡越州，禊饮后登上画船，泛舟在鉴湖风光最幽胜的阳明洞天一带，春游赏景。颔联抒情,欣喜故乡迎来了深得朝廷器重的新"父母官"。颈联情到深处,彼此诗筒往复,更触发了作者对家乡的思念。尾联别有意味,与当年元白各自夸越杭不同,作者表达了对两地同样倾注情感的由衷赞美。《宋诗钞》评赵诗"工拙随意,而清苍郁律之气,出于肺腑",信然。

明　文徵明　兰亭修禊图(局部)

曾　巩

　　曾巩（1019—1083），字子固，建昌军南丰（今江西南丰）人。世称南丰先生。庆历中至滁州师事欧阳修，嘉祐二年（1057）举进士，释褐太平州司法参军，熙宁二年（1069）任越州通判，后历知齐、襄、洪、福、明、亳、沧等州，官终中书舍人，谥号文定。曾巩是北宋古文运动的中坚力量，散文以议论见长，是"唐宋古文八大家"之一。曾巩诗歌古朴雅致，清新自然。有《元丰类稿》《续元丰类稿》及《外集》。曾巩仕越期间，废止了不合理的酒税摊派制度，妥善处理了填湖围垦造成的鉴湖水患，勘测堤防，主持绘制《鉴湖图》并亲撰长序。灾年他令富户平价售粮，维持粮价平稳，丰年设法提高粮食产量，有效应对州中饥馑，作风务实，颇有政声。

忆越中梅[1]

浣沙亭北小山梅，兰渚移来手自栽。[2]

今日旧林冰雪地，泠香幽艳向谁开？

（《曾巩集》卷六）

注　释

[1]忆越中梅：曾巩熙宁二年通判越州，至四年四、五月间改知齐州军州事，仕越约两年。又元丰二年（1079）知明州，正月到任。离开越州八年后，曾巩因仕途迁转再返浙东。诗题之"忆"，非指回忆越州的梅花，而是诗人元丰二年途经越州时回忆八年前自己在此地任职时的情形。　　[2]浣沙亭：《嘉泰会稽志》卷九载会稽县东六里土城山下有浣纱石，即《吴越春秋》记载的勾践训练西施、郑旦以献吴王之所。今绍兴迪荡湖西南有西施山遗址。兰渚：《嘉泰会稽志》卷一〇载兰渚在山阴县西南二十五里，即王羲之兰亭雅集之所。

赏　析

越州是曾巩释褐以来外放宦游的起点，他在此地勤政爱民，为越州老百姓办了许多实事好事，也第一次积累了基层治理经验，为自己赢得了宝贵的政声。曾肇《亡兄行状》称曾巩"为通判，虽政不专出，而州赖以治"，当非虚言。因此，越州对曾巩来说有着特殊意义。离开越州八年后，曾巩出知明州，他自扬州沿运河南下，船至越州，曾巩驻船登岸。时值隆冬，他想起当年曾从兰亭移栽了一小片梅林到州城外不远的浣纱亭北，那里相传曾是西施、郑旦的居所。曾巩很快找到了这片梅林，只见雪后梅花傲然绽放，清香冷艳。赞叹之余，他不禁感慨梅花虽好但空自开放，自己宦海漂泊身不由己，还有谁能欣赏它们的美好呢？

王安石

王安石（1021—1086），字介甫，号半山，临川（今江西抚州）人。庆历二年（1042）进士及第。熙宁二年（1069）升参知政事，次年拜相，经历两起两落，出判江宁，累封荆国公。病逝于江宁府钟山后，宋哲宗追赠太傅，谥号文，世称"王文公""王荆公"。王安石是中国历史上著名的政治改革家，他在北宋中期主导的变法改革，影响深远。他也是北宋诗文革新运动的积极参与者，主张"文章合于用""务为有补于世"，诗歌亦善议论。有《临川集》。庆历七年，王安石出知鄞县，在任三年有余，赴任、离任途中曾饱览越中名胜，留题佳作。

若耶溪归兴

若耶溪上踏莓苔，兴罢张帆载酒回。[1]
汀草岸花浑不见，青山无数逐人来。

（《临川先生文集》卷三〇）

注　释

[1] 莓苔：青苔。

赏　析

　　庆历七年，年轻的淮南节度判官王安石任职期满，自请出知鄞县。一年前，与王家有秦晋之好（安石弟安礼娶谢家之女）的谢家兄弟景温、景初刚刚出知会稽、余姚两县。王安石从扬州沿运河水路匆匆南下，除了积累基层主政经验，或也是在追随好友的脚步。挚友到来，谢景温怎能不尽地主之谊。由他向导，王安石饱览稽山鉴水美景，留题诸多杰构。这日畅游若耶溪，两人醉酒兴尽而返。风正帆悬，速度竟快到连沿途花草都在视线中模糊了，两岸的青山仿佛迎面追来。这里显然化用了李白《望天门山》的名句"两岸青山相对出，孤帆一片日边来"，物理空间的诗化，真正表现的或是年轻的王安石履新前夕时不我待、施展抱负的迫切情绪。

登越州城楼[1]

越山长青水长白，越人长家山水国。[2]

可怜客子无定宅，一梦三年今复北。

浮云缥缈抱城楼，东望不见空回头。

人间未有归耕处，早晚重来此地游。[3]

（《临川先生文集》卷一三）

注 释

[1]越州城楼：绍兴城建城史经考古实证已逾两千五百年，公元前490年，勾践自吴返越，始筑小城，又命范蠡筑山阴大城。开皇年间隋越国公杨素修郡城（史称"罗城"），设城门九座，唐至北宋大体沿其旧。
[2]山水国：稽山鉴水是绍兴核心景观。越地自勾践起，经过历代不绝的水环境整治，逐渐改变了最初"山林幽冥，不知利害所在。西则迫江，东则薄海"的恶劣自然环境，实现人地、人水共生。 [3]归耕：辞官归家务农。

赏 析

王安石知鄞，修水利、兴教育，勤劳政事，三年后，他右迁舒州通判，再次途经越州。可能因为三年的知县经历，他对民生和政事有了更深入的思考，因此这首诗的情绪显然沉郁了许多。从前两句不难看出，知鄞三年，王安石早已谙熟浙东自然环境、风土人情。无奈地方官无法久任，秩满后不得不离开。用梦作比，当仅言其快，而非迷离混沌之意。登上越州高耸的城楼，哪怕明知无法得见，他还是忍不住朝着鄞县所在的东方再看几眼，眷恋之情溢于言表。在交通通讯依靠车马舟船的时代，长年游宦，多以远离故土为代价，因言"人间未有归耕处"。但他似乎对越州情有独钟，发愿晚年再来。

苏 轼

苏轼（1037—1101），字子瞻，号东坡居士，眉州眉山（今四川眉山）人。与父苏洵、弟苏辙并称"三苏"。嘉祐二年（1057）进士。元丰三年（1080），因"乌台诗案"贬为黄州团练副使。复起兵部尚书、礼部尚书。又出知杭州、颍州、扬州、定州。新党执政，被贬惠州、儋州。苏轼纵横文坛，兼工书画。苏轼虽生自眉州，但对绍兴颇为神往，曾多次在其诗文中提及绍兴，如《七年九月自广陵召还复馆于浴室东堂八年六月》《越州张中舍寿乐堂》。

送钱穆父出守越州二首（其二）[1]

若耶溪水云门寺，贺监荷花空自开。[2]

我恨今犹在泥滓，劝君莫棹酒船回。[3]

（《苏轼诗集》卷三〇）

注　释

[1] 钱穆父：即钱勰，字穆父，临安（今浙江杭州）人，元祐三年（1088）以龙图阁待制出知越州。　　[2] 云门寺：位于今浙江绍兴平水镇，始建于东晋义熙三年（407）。"贺监"句：贺知章告老还乡时见镜湖莲塘风光怡人，作《采莲曲》，故有此句。　　[3] "我恨"

句：化自杜甫《奉先刘少府新画山水障歌》："若耶溪，云门寺，吾独胡为在泥滓，青鞋布袜从此始。"

赏　析

元祐三年，苏轼好友钱勰因坐奏开封府狱空不实出任越州知州，苏轼以诗相送。诗中提到了越州三处风景名胜：若耶溪、云门寺和镜湖。云门寺紧临若耶溪，古寺峥嵘，林泉秀美，是历代文人雅士游赏之所。镜湖无风自波，如今芰荷尚在，独自绽放于天地间，却不见当时赏花人。在遥想往事中，苏轼也联想到了自己，"我恨今犹在泥滓"，"泥滓"犹喻尘世，杜甫有诗"吾独胡为在泥滓，青鞋布袜从此始"，苏轼句或化此而来。"恨"字昭显了苏轼对自己俗务缠身的强烈不满，以及对栖隐林泉的渴望。元祐四年，苏轼出知杭州，尽管二人身处两地，但彼此酬赠往来不断，其中苏轼名作《临江仙·送钱穆父》便是这一时期创作的作品。

苏　辙

苏辙（1039—1112），字子由，一字同叔，号颍滨遗老，眉州眉山（今四川眉山）人。嘉祐二年（1057）登进士第，官至尚书右丞、门下侍郎。因上书谏事被贬，以太中大夫致仕。北宋文学家，与父苏洵、兄苏轼并称"三苏"。苏辙与绍兴也有不解之缘，曾多次游历绍兴，对这片土地的自然风光与人文底蕴深表赞叹。绍兴的水乡美景、深厚的文化底蕴，也成为他文学创作的重要灵感来源。苏辙在绍兴还结交了不少文人墨客，共同探讨诗文、治道，留下许多佳话。

次韵题画卷四首 雪溪乘兴[1]

亟往遄归真旷哉，聋人不信有惊雷。[2]
虽云不必见安道，已误扁舟犯雪来。[3]

（《栾城后集》卷一）

注　释

[1]雪溪乘兴：王子猷雪夜访戴故事，见《世说新语·任诞》。雪溪，指剡溪。　　[2]亟往遄归：形容行动迅速，去得急回得也快，表现出一种随性而为、不受拘束的生活态度。　　[3]安道：戴逵，字安道。

王子猷雪夜访戴，表达了诗人对心灵契合的向往。

赏　析

  此诗专咏雪夜访戴。"雪溪"二字让人联想到绍兴及周边地区冬日雪景的静谧与美丽，以及文人墨客雪中寻幽的雅趣。"亟往遄归真旷哉"描绘了诗人急切前往又迅速归来的情景，透露出一种超然物外、随性而为的生活态度。紧接着，"聋人不信有惊雷"一句，以夸张的手法表达了对世俗纷扰的漠视，与"虽云不必见安道，已误扁舟犯雪来"相呼应，暗含了王子猷雪夜访戴的典故，展现了诗人对心灵契合的追求。

元 黄公望 剡溪访戴图

秦 观

秦观(1049—1100),字少游,改字太虚,号邗沟居士、淮海居士,扬州高邮(今江苏高邮)人。祖籍在会稽,唐天宝末徙高邮。元丰八年(1085)进士。早为苏轼赏识,荐任太学博士,迁秘书省正字兼国史院编修官。善作诗赋策论,工于词,与黄庭坚、晁补之、张耒合称"苏门四学士"。著有《淮海集》。元丰二年春,秦观到越州谒见祖父以及时任会稽通判的叔父秦定,越地秀丽的山水令他流连忘返,写下了大量诗词名篇,直到年底才启程回乡。

望海潮

秦峰苍翠,耶溪潇洒,千岩万壑争流。[1]鸳瓦雉城,谯门画戟,蓬莱燕阁三休。[2]天际识归舟。[3]泛五湖烟月,西子同游。茂草台荒,苎萝村冷起闲愁。[4] 何人览古凝眸?怅朱颜易失,翠被难留。梅市旧书,兰亭古墨,依稀风韵生秋。狂客鉴湖头。[5]有百年台沼,终日夷犹。最好金龟换酒,相与醉沧洲。[6]

(《淮海居士长短句笺注》卷上)

注 释

[1]千岩万壑争流:《世说新语·言语》:"顾长康从会稽还,人问山川之美,顾云:'千岩竞秀,万壑争流,草木蒙笼其上,若云兴霞蔚。'" [2]鸳瓦:成对的屋瓦称鸳鸯瓦。雉城:雉堞,古代城墙上为防御外敌构筑的矮墙。谯门:城门楼,用以瞭望敌情。蓬莱:指会稽的蓬莱阁,吴越王钱镠所建,旧址在今绍兴市卧龙山下。三休:极言阁之高,中途须休息三次才能登上蓬莱阁。语本贾谊《新书·退让》:"楚王夸使者以章华之台,台甚高,三休乃至。" [3]天际识归舟:出自谢朓《之宣城郡出新林浦向板桥》:"天际识归舟,云中辨江树。" [4]五湖:指太湖,据《越绝书》所载,越国大夫范蠡助勾践灭吴后,辞去官身,携西施泛舟五湖而去。台:指吴王为西施所建的姑苏台,故址在今苏州市西南。苎萝村:西施故里,在今浙江诸暨城南,苎萝山下。 [5]梅市:梅市乡,在今绍兴,因梅福得名。梅福,西汉九江人。王莽篡汉后,梅福便辞官归去,据说隐居于会稽。旧书:指梅福所习《尚书》《春秋榖梁传》等经籍。[6]夷犹:本指迟疑不前,此处谓流连忘返。金龟换酒:李白初至长安,出诗《蜀道难》以示贺知章。知章读未竟,称赞不已,乃解金龟换酒,二人尽醉而归。

赏 析

元丰二年,秦观至会稽省亲,遍游名胜,写下这首怀古词。词分上、下两阕,上阕描绘了会稽城的自然之美,勾勒出古城的风物之美,随后词人由眼前的景致联想到过去的人事,由此抒发了怀古之幽思。下阕,词人先生出感慨:红颜容易老去,欢娱岂能长久?随后连用三个典故,借梅福、王羲之、贺知章这些狂放不羁的文人隐士自喻,表示人生在世当不拘束缚,不为名利所困。末尾四句写出了词人心中的愿景,希望能终日徜徉于稽山鉴水中,在这远离尘土的水滨之地隐居下来,尽情地喝酒享乐。

整首词雍容典雅,音韵和谐,惜用典过多,难免失于晦涩。词人在作品中表达出对会稽山水的喜爱,亦隐然可见其因功名未就所发的牢骚,但整体风格偏于豪放旷达。

曾　幾

曾幾（1084—1166），字吉甫，号茶山居士，祖籍赣州（今属江西），徙河南府（今河南洛阳）。未冠入太学，获补将仕郎，又吏部铨选优等，赐上舍出身，擢国子正兼钦慈皇后宅教授。绍兴八年（1138）因与兄曾开反对秦桧和议罢官，此后长期赋闲。秦桧死后，复起为提点两浙东路刑狱，累官至礼部侍郎，谥号文清。曾幾忠君爱国、刚正勤勉、学识渊博，弟子陆游评价其文学造诣"发于文章，雅正纯粹，而诗尤工"。著有《易释象》《文集》，原帙皆佚，四库馆臣自《永乐大典》辑得《茶山集》八卷。

述侄饷日铸茶 [1]

宝胯自不乏，山芽安可无。[2]

子能来日铸，吾得具风炉。[3]

夏木啭黄鸟，僧窗行白驹。

谈多唤生睡，此味正时须。

（《茶山集》卷四）

注 释

[1]饷:赠送,馈赠。日铸茶:陆羽《茶经》论茶之出,谓"浙东以越州上"。日铸茶是越茶的代表,因产自日铸岭(今属绍兴市柯桥区平水镇)得名。 [2]宝胯:原指腰带上装饰的宝物。此谓家资殷实。[3]风炉:按陆羽《茶经》所述,风炉用于生火,炉上置鍑,鍑中煮茶。然其所制风炉,刻铸大量文字和装饰图案,甚为繁复。

赏 析

日铸茶自唐以来一直是茶中珍品,曾幾喜茶,自号"茶山居士",此诗更是宣传日铸茶的不二之选。因为钟爱日铸茶,以廉洁著称的曾幾,也开起了家资殷富的玩笑。为表达对佳茗和亲情的珍视,他效法陆羽细致准备茶具,煮茶与侄子共享。"夏木"两句,先是化用王维《积雨辋川庄作》"阴阴夏木啭黄鹂",交代时值夏季,继而点明地点在寺院僧舍,塑造出盛夏品茗消暑,不觉白驹过隙的恬淡惬意景象。这样的状态最让人感到精神放松,因此哪怕正在谈话,困意还是不停袭来,茶汤不仅没有提神,反起助眠效果。曾幾咏物诗风格多样,此诗以叙事之法咏茶,并不拘于茶事本身,恰如清末许印芳论其《岭梅》所言,"传神写意在离合间,为咏物高手"。

王十朋

王十朋(1112—1171),字龟龄,号梅溪,温州乐清(今浙江乐清)人。少颖悟,日诵数千言。绍兴二十三年(1153),应太学同舍好友嵊县(今浙江嵊州)人周德远延请,到周氏创办的剡溪书院讲学一百余日,并将书院中堂命名为"渊源堂"。绍兴二十七年擢进士第一,授绍兴府签判,裁决如神,吏不能欺。官至太子詹事,以龙图阁学士致仕。作《会稽风俗赋》《蓬莱阁赋》《民事堂赋》,合称《会稽三赋》,是反映南宋绍兴风貌的重要史地文献。有《梅溪集》。

马太守庙[1]

会稽疏凿自东都,太守功从禹后无。[2]

能使越人怀旧德,至今庙食贺家湖。[3]

(《梅溪先生后集》卷四)

注 释

[1] 马太守庙:东汉主持修筑鉴湖的会稽太守马臻之墓及祠庙。越人追思马臻之功,于鉴湖畔修墓立祠。据唐明州长史韦瓘《修汉太守马君庙记》,祠宇开元中已立,元和九年(814)观察使孟简曾予修缮。

今在绍兴市越城区跨湖桥直街。　[2]疏凿自东都：指东汉永和五年（140）马臻筑成鉴湖事。东都即洛阳，以都城代指朝代。太守功：马臻，字叔荐，茂陵（今陕西兴平）人。治水能臣。任会稽太守后细察农田水利，主持筑造了鉴湖。宋仁宗因治水之功敕封马臻为"利济王"。　[3]贺家湖：鉴湖别称。贺知章致仕还乡，唐玄宗诏赐镜湖、剡川一隅，故鉴湖又称"贺家湖"。

赏　析

　　本诗歌咏东汉会稽太守马臻的治水功绩。鉴湖的筑成，使山会平原千百年来既免遭洪涝之苦，又得灌溉运输之利，奠定了越地发展的坚实基础。马臻功成冤死，郡人感念祭祀，同时也继承了马太守治水兴越的理念与精神。在此之后，西晋贺循开西兴运河，唐代孟简修运道塘，南宋汪纲大规模疏浚河道、修筑堤塘，明代戴琥疏通浦阳江治理鉴湖水系，汤绍恩修三江闸总控水利形势，直至近年来的浙东引水工程旨在解决宁绍平原缺水难题，越地官民治水善政，代不绝书。

喻良能

喻良能（1120—？），字叔奇，号锦园，人称香山先生，义乌（今浙江义乌）人。绍兴二十七年（1157）举进士，释褐广德尉。乾道三年（1167）通判绍兴府；时又撰进《忠义传》请"颁之武学，授之将帅"，遂迁兵部郎中兼太常寺丞。后知容州、处州，官终国子监主簿兼工部郎中。善诗文，与王十朋、杨万里等相过从。著有《香山集》，早佚，四库馆臣自《永乐大典》辑得十六卷。

夜发曹娥堰[1]

孤灯乍明灭，隐约小桥边。

野市人家闭，晴天斗柄悬。[2]

秋深风落木，夜静浪鸣船。[3]

却忆前年事，扁舟过霅川。[4]

（《香山集》卷六）

注 释

[1]曹娥堰：古代浙东运河与曹娥江交汇处的重要堰坝，遗址在今绍兴市上虞区曹娥江边上沙百步街顶坝底。　　[2]斗柄：指北斗七星

中形似斗柄的第五至第七星,秋季斗柄西指。　　[3]落木:落叶。
[4]霅川:霅溪别称,即苕溪自今湖州市至太湖段河道。

赏　析

  宋代浙东运河上有包括曹娥堰在内的七座重堰。浙东运河西起杭州西兴,经绍兴至宁波三江口,既是中国大运河的最南段,也是促成大运河连接海上丝绸之路的关键一环。宋室南迁后,浙东运河成为国家主航道,沿途使者、官宦、商旅,舳舻相望,往来题咏。本诗别出心裁地描写了深秋夜半,舟船过堰休整后准备再次启程的情景。枕河人家早已闭户打烊,只有匆匆赶路的诗人和他的小舟停泊岸边。舟内孤灯忽明忽暗,不过天上的北斗星光仍能照亮前程。但很快秋风起浪拍船,发出声响,打破宁静,动静相协。此情此景与诗人当年行船湖州霅溪时如出一辙,不由勾起他得第赴任广德途中春风得意的美好回忆。

陆 游

　　陆游（1125—1210），字务观，号放翁，越州山阴人。南宋时期文学家、史学家，著名爱国诗人。绍兴三十二年（1162）赐进士出身，后历任镇江府通判、隆兴府通判、夔州通判、成都宣抚使司干办公事、江西提举常平茶盐公事等职。嘉泰三年（1203），升宝谟阁待制，致仕归里。陆游自幼聪慧过人，少年时便颇具诗文之才。其诗词文章题材广泛，几乎涉及南宋社会生活的各个方面，其中不少作品是对故乡山阴的感怀。这些作品多被编入《渭南文集》《剑南诗稿》《放翁词》等著作中。

游山西村[1]

莫笑农家腊酒浑，丰年留客足鸡豚。[2]

山重水复疑无路，柳暗花明又一村。[3]

箫鼓追随春社近，衣冠简朴古风存。[4]

从今若许闲乘月，拄杖无时夜叩门。[5]

（《剑南诗稿》卷一）

注 释

[1]山西村：旧址在今浙江绍兴鉴湖附近。 [2]腊酒：头年腊月酿的酒。浑：浑浊。酒以清者为佳。豚：小猪，诗中指猪肉。 [3]山重水复：山峦重叠，水流盘曲。柳暗花明：柳色浓绿，故称"暗"；花色鲜艳，故曰"明"。 [4]箫鼓：都是乐器，这里指吹箫打鼓。春社：古时祭祀土地神的日子，通常在立春后第五个戊日举行。 [5]无时：无定时，随时。

赏 析

这首七言律诗是乾道三年（1167）初春陆游在山阴创作的，诗人以记游方式，描绘出风俗淳厚的江南农家生活图景。首联写村里农人热情好客，丰年时便会拿出鸡、猪，端出腊酒来招待客人。颔联写村外景色别具一格，这里山峦重叠，绿水盘曲，柳色浓绿，花色鲜艳；颈联写村人为迎接春社，吹箫打鼓，好不热闹。尾联是诗人对村民说的话：今后我会时不时乘着月色、拄着拐杖前来串门。

全诗紧扣一个"游"字，把秀美的山村风光与淳朴的村民习俗统一起来，构成一幅优美、恬淡、和谐的画卷，也展现出诗人对农村生活的喜爱。颔联写得尤其流畅，富于哲理，不仅反映出诗人对前途仍怀抱希望，也道出了世间事物消长变化的哲理，已成脍炙人口的佳句。

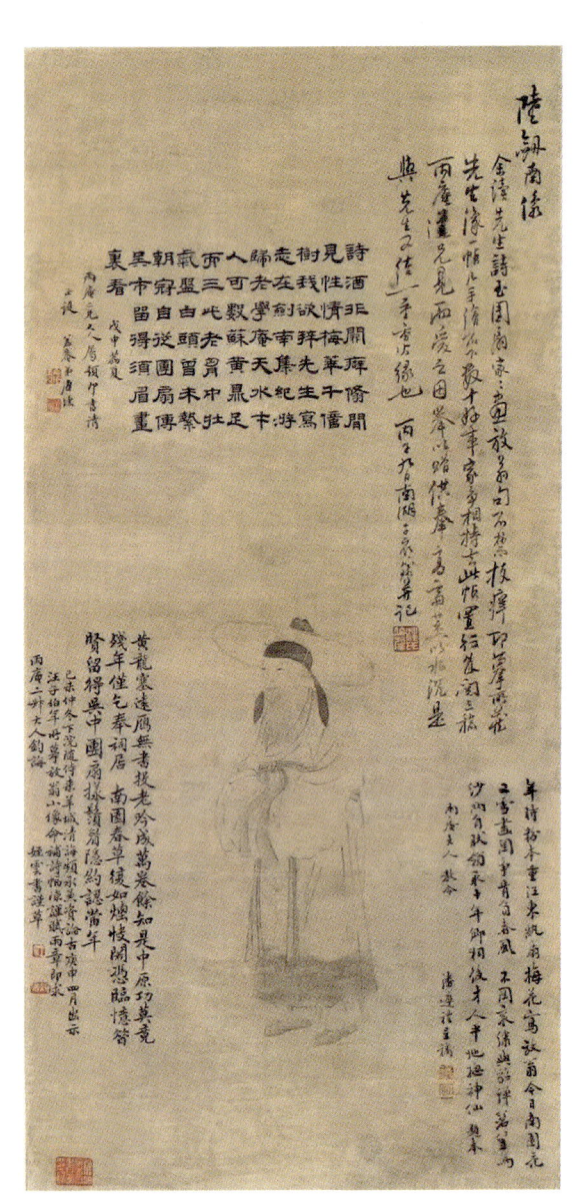

清　汪伯年　陆剑南像

沈园二首[1]

其一

城上斜阳画角哀,沈园非复旧池台。[2]

伤心桥下春波绿,曾是惊鸿照影来。[3]

其二

梦断香消四十年,沈园柳老不吹绵。[4]

此身行作稽山土,犹吊遗踪一泫然。[5]

(《剑南诗稿》卷三八)

注 释

[1]沈园:亦名沈氏园,在今绍兴市越城区。 [2]画角:古代的一种乐器,因外画彩色图案,故名。多为军营中报时传令之用,声音哀伤高昂。 [3]惊鸿:比喻女子体态轻盈,这里指唐琬。 [4]梦断香消:指唐琬的死亡。不吹绵:不飘柳絮。绵,柳絮。 [5]行:将要。这句是说自己将要老死,尸骨将埋在稽山之下。

赏 析

本题二首,是陆游为悼念前妻唐琬于庆元五年(1199)所作,当时诗人已七十五岁,唐氏已逝。唐氏是诗人的表妹,二人婚后甚是相爱,后因婆媳不和被迫离婚。

第一首诗开篇就营造出悲伤的氛围。诗人在夕阳西下时游园，耳边传来的是哀鸣的画角声，眼前看到的是已改旧观的池榭亭台，诗人渴望寻找到往日的踪迹，终于在春波桥上忆起了那个美丽的倩影。诗歌前二句写景，后二句借追忆来抒情，表达出他对唐氏深入骨髓的爱恋与怀念。

　　第二首叙说重游时的心思。自从绍兴二十五年在沈园与唐氏相见，已过去四十余年。如今，唐氏已逝，作者也垂垂老矣。诗人此番重游，既是追吊遗踪，也是剖露心迹，纵然埋骨稽山下，也忘却不了那段往事，也改变不了对唐氏的爱意。

杨万里

杨万里(1127—1206),字廷秀,号诚斋,吉州吉水(今江西吉水)人。绍兴二十四年(1154)进士,居官永州零陵。官至江东转运副使,谥号文节。杨万里是"中兴四大诗人"之一,早年学江西诗派,后自成一家,诗歌题材广泛,语言生动自然,传世诗作四千有余。有《诚斋集》。乾道八年(1172)赴绍兴府谒永佑陵,游龙瑞宫、禹穴等,有题咏。

记丘宗卿语绍兴府学前景[1]

镜湖泮宫转街曲,才隔清溪便无俗。[2]
竹桥斜度透竹门,墙根一竿半竿竹。
恰思是间宜看梅,忽然一枝横出来。
霜余皴裂臂来大,只著寒花三两个。[3]

(《诚斋集》卷三〇)

注　释

[1]丘宗卿:丘崈,字宗卿,江阴军(今江苏江阴)人。隆兴元年(1163)进士,淳熙十三年(1186)知绍兴府,此前亦曾提点浙东刑狱,

与杨万里多有寄赠之作。绍兴府学：遗址在今绍兴市投醪河畔稽山中学内。　　[2]泮宫：周代诸侯的学宫。《礼记·王制》："大学在郊，天子曰辟雍，诸侯曰泮宫。"后泛指古代地方官学。无俗：绍兴府学原在俗世喧闹之地，北宋在州城东南新建后则清幽肃穆。　　[3]皴裂臂来大：范成大《梅谱·后序》谓："梅以韵胜，以格高，故以横斜疏瘦与老枝怪奇者为贵。"南宋赏梅尚苍虬奇崛甚至怪诞丑陋的沧桑感，与宋初林逋"疏影横斜水清浅，暗香浮动月黄昏"的审美趣味大相径庭。

赏　析

　　本诗虽题因"丘宗卿语"作，实际却是写诗人对绍兴府学环境、景观的记忆。其一是府学在喧嚣的陪都绍兴闹中取静、肃穆庄严，其二是竹与梅两种植物。状竹用"一竿半竿"，足见诚斋诗自然灵动的语言特点。至于状梅，杨万里深受南宋审美时尚的影响，重点刻画了具有视觉表现力的虬枝。可能因为去古未远，杨万里只字未提府学本身的历史。但他和刁约、沈遘、张伯玉，甚至此地旧主吴孜都不会想到，绍兴府学所在，除了勾践投醪劳师的传说，地下还埋藏着六朝、两汉乃至越国的大型建筑遗迹。2024年于稽山中学的重大考古发现，为今人揭示了府城一隅几千年的人类文明叠加变动，弥补了唐宋古人"文献不足征"的遗憾，更实证了绍兴古城两千五百年的建城历史。

朱 熹

朱熹（1130—1200），字元晦，一字仲晦，号晦庵，别称紫阳，晚号晦翁、沧洲病叟等，谥号文，后人亦称"朱文公"。祖籍徽州婺源（今江西婺源），生于南剑州尤溪（今福建尤溪）。绍兴十八年（1148）登进士第。淳熙八年（1181），浙东大饥，宰相王淮因朱熹曾救荒有方，遂荐提举浙东常平茶盐公事，以赈灾荒。朱熹任浙东提举时，曾在山阴府山一带讲学会友，留有名篇；淳祐十年（1250），绍兴知府马天骥在此处修建朱文公祠；宝祐二年（1254），浙东提举吴革又改朱文公祠为稽山书院，延请当世名儒讲学，久负盛名。朱熹是南宋著名理学家，其思想被称为"朱学"，与二程学说合称"程朱理学"。所著诗文被编为《晦庵先生文集》。

水调歌头 范蠡祠

富贵有余乐，贫贱不堪忧。谁知天路幽险，倚伏互相酬？[1] 请看东门黄犬，更听华亭清唳，千古恨难收。[2] 何似鸱夷子，散发弄扁舟。[3]　　鸱夷子，成霸业，有余谋。收身千乘卿相，归把钓鱼钩。[4]

春昼五湖烟浪，秋夜一天云月，此外尽悠悠。永弃人间事，吾道付沧洲。

（《晦庵先生朱文公文集》卷一〇）

注 释

[1]倚伏：《老子》曰："祸兮福所倚，福兮祸所伏。"后以"倚伏"指祸与福互相依存，互相转化。　　[2]东门黄犬：秦二世二年（前208），丞相李斯遭诬陷，被判腰斩。临刑谓其中子曰："吾欲与若复牵黄犬俱出上蔡东门，逐狡兔，岂可得乎！"事见《史记·李斯列传》。后以"东门黄犬"喻指为官遭祸、抽身悔迟。华亭清唳：指华亭谷的鸣叫声，表示遇害人对人生的眷恋。典出《世说新语·尤悔》："陆平原河桥败，为卢志所谮，被诛。临刑叹曰：'欲闻华亭鹤唳，可复得乎！'"　　[3]"何似"二句：语本李白《古风》之十八："何如鸱夷子，散发棹扁舟。"《史记·越王勾践世家》载，春秋时越国大夫范蠡佐勾践成就霸业，后见越王义薄，遂扁舟遨游五湖，自号"鸱夷子"。　　[4]千乘：兵车千辆。古以一车四马为一乘。战国时期诸侯国，小者称千乘，大者称万乘。

赏 析

这首词开篇就点出人生须看淡富贵贫贱、贵在自适的重要性。"谁知天路幽险，倚伏互相酬"二句，一针见血地指出仕途艰险的重要原因在于上位者心思难测，"天路"上的朝官，无法每次都准确地揣测出圣意，也做不到始终顺乎上意，这就导致其长期处在风险中，祸患转瞬即至。这是诗人自身为官经历的真实写照。那么，如何才能成为一名成功的朝官呢？需要做到两点：一是辅助君主成就"霸业"；二是功成后弃官归隐，在大自然的怀抱里，舒舒坦坦地"归把钓鱼钩"，忘却世间的功名利禄。这样才能避免在"天路"上惨遭不测，甚而丢掉性命。全篇以意趣取胜，多用典，好议论，仅下阕"春昼五湖烟浪，秋夜一天云月"一句写景，纯然与宋诗的格调一致。

清　任熊　范蠡五湖泛舟图

辛弃疾

辛弃疾（1140—1207），字幼安，号稼轩，历城（今属山东济南）人。二十一岁参加抗金义军，曾任耿京军掌书记，耿京被叛徒杀害后，辛弃疾于五万金兵中缚叛贼南下归正，累官至浙东安抚使、镇江知府。辛稼轩以词名，内容多见家国情怀，抒发英雄失路、壮志难酬之恨，继承并发展了苏轼开创的豪放词风。词集有《稼轩长短句》。嘉泰三年（1203）六月，赋闲近十年的辛弃疾知绍兴府兼浙东安抚使。仕越期间，他与八十高龄的陆游多有交往，还提出为陆游修缮住所。十二月，辛弃疾奉诏奏对抗金之策，离开绍兴。

汉宫春 会稽秋风亭怀古 [1]

亭上秋风，记去年嫋嫋，曾到吾庐。[2] 山河举目虽异，风景非殊。[3] 功成者去，觉团扇便与人疏。[4] 吹不断斜阳依旧，茫茫禹迹都无。[5] 　　千古茂陵词在，甚风流章句，解拟相如。[6] 只今木落江冷，眇眇愁余。故人书报："莫因循忘却莼鲈。"[7] 谁念我，新凉灯火，一编太史公书。

（《稼轩词编年笺注》卷五）

注　释

[1]秋风亭：宝庆《会稽续志》载秋风亭在州廨观风堂之侧，原亭早废，嘉定十五年（1222）知府汪纲在旧址重建，自记于柱云："秋风亭，辛稼轩曾赋词，脍炙人口。"邓广铭考秋风亭为辛弃疾首创。
[2]"亭上"二句：与下阕"只今木落江冷，眇眇愁余"二句，化用屈原《九歌·湘夫人》："帝子降兮北渚，目眇眇兮愁予。袅袅兮秋风，洞庭波兮木叶下。"嫋嫋，即袅袅。　[3]"山河"二句：《世说新语·言语第二》："过江诸人，每至美日，辄相邀新亭，藉卉饮宴。周侯中坐而叹曰：'风景不殊，正自有山河之异。'皆相视流泪。"
[4]功成者去：《战国策·秦策三》："四时之序，功成者去。"团扇：秋风起而团扇弃置不用，喻女子失宠，遭到冷落。典出汉班婕妤失宠，作纨扇诗自伤事。　[5]茫茫禹迹：《左传》载《虞人之箴》："芒芒禹迹，画为九州，经启九道。"　[6]茂陵词：汉武帝《秋风辞》。拟相如：《汉书·扬雄传》："蜀有司马相如，作赋甚弘丽温雅，雄心壮之，每作赋，常拟之以为式。"　[7]莼鲈：《晋书·张翰传》："翰因见秋风起，乃思吴中菰菜、莼羹、鲈鱼脍。"世谓"莼鲈之思"。

赏　析

前一年秋风起时，辛弃疾还在铅山小溪边给鸥鹭写词，今年的秋风竟把他带到了地方大员的交椅上。辛稼轩置身秋风亭中，开始了思接千载的怀古之旅：今之绍兴，昔之会稽，那些南渡的晋室衣冠，大概也曾坐在这里看着类似的风光。历史上多少人功成身退，正如秋风团扇。哪怕是大禹，死后也不过就是葬在绍兴城外。九州茫茫，他的行迹还有谁知道呢？其实稼轩咏史怀古，最终也是为说明"形势比人强"的道理。既如此，还不如听朋友好言相劝，效法张翰聊为一道美食归隐的故事。此时词人的缥缈游思戛然而止，回到现实，眼前不过也就是青灯一盏、史书一编而已。直到最后，辛弃疾也没有明确表态，是进是退，他显然还在纠结之中。

汉宫春 会稽蓬莱阁观雨

秦望山头，看乱云急雨，倒立江湖。[1] 不知云者为雨，雨者云乎。[2] 长空万里，被西风变灭须臾。回首听月明天籁，人间万窍号呼。[3] 谁向若耶溪上，倩美人西去，麋鹿姑苏？[4] 至今故国人望，一舸归欤。[5] 岁云暮矣，问何不鼓瑟吹竽？[6] 君不见王亭谢馆，冷烟寒树啼乌。[7]

（《稼轩词编年笺注》卷五）

注 释

[1]乱云急雨，倒立江湖：脱自苏轼《有美堂暴雨》"天外黑风吹海立，

浙东飞雨过江来"。　　[2]"不知"二句：化用《庄子·天运》："云者为雨乎？雨者为云乎？"　　[3]万窍号呼：出自《庄子·齐物论》："夫大块噫气，其名为风。是唯无作，作则万窍怒号。"　　[4]倩美人西去：指送西施给吴王夫差，夫差筑姑苏台与西施欢游享乐，终使吴国战败灭国。麋鹿姑苏：《史记·淮南衡山列传》："子胥谏吴王，吴王不用，乃曰：'臣今见麋鹿游姑苏之台也。'"　　[5]故国：越国。一舸归欤：化用杜牧《杜秋娘诗》"西子下姑苏，一舸逐鸱夷"句。此句为反问，谓灭吴之后，范蠡携西施泛舟五湖，一去不归。[6]岁云暮矣：一年将要结束。　　[7]王亭谢馆：王羲之的兰亭和谢安的东山别业。

赏　析

六十四岁这年，辛弃疾出人意料地得到重用。晚秋时节，他登上蓬莱阁，看到远处似乎还残留着秦始皇余威的秦望山。然而秦不过二世而亡，变化才是宇宙不变的真理。如同刚才这乱云急雨仿佛要搅动世界，西风一起，便立时云销雨霁。美人计成，吴王身死国灭，西施成了越国英雄，但又是谁在幕后推动这一切呢？对辛弃疾来说，答案既是范蠡，更是自己。他坚信金必亡，但也深知自己很难再有机会在抗金大业中运筹帷幄、决胜千里了。烈士暮年，哪怕是当年的王、谢，最终也只能终老会稽。词至尾声，不免感伤，但对即将进宫奏对抗金大计的辛稼轩来说，更多的还是"日月逝矣，岁不我与"的紧迫感吧。

姜　夔

姜夔（约1155—约1221），字尧章，号白石道人，饶州鄱阳（今江西鄱阳）人。幼随父宦游，成年后旅食江淮，往来湘、鄂等地。一生未出仕，晚年长居临安。有《白石道人诗集》等。绍熙、嘉泰年间曾到绍兴多次，有唱和留题。又作《越九歌》，序谓："越人好祠，其神多古圣贤。予依《九歌》为之辞，且系其声，使歌以祠之。"

汉宫春　次韵稼轩蓬莱阁[1]

一顾倾吴，苎萝人不见，烟杳重湖。[2]当时事如对弈，此亦天乎。大夫仙去，笑人间、千古须臾。[3]有倦客扁舟夜泛，犹疑水鸟相呼。[4]　　秦山对楼自绿，怕越王故垒，时下樵苏。[5]只今倚阑一笑，然则非欤。小丛解唱，倩松风、为我吹竽。[6]更坐待千岩月落，城头眇眇啼乌。[7]

（《姜白石词编年笺校》卷五）

注 释

[1]此题为和作,填于辛弃疾《汉宫春·会稽蓬莱阁观雨》同时。
[2]"一顾"二句:本词和辛词,亦写西施祸吴事。本句苎萝即指西施。烟杳:寇准《江南春》:"杳杳烟波隔千里,白蘋香散东风起。"重湖:鉴湖。此谓烟波浩渺,深锁湖面。　　[3]大夫:指文种。范蠡曾劝文种引退,文种不听,终被勾践所诛,有墓在府山。　　[4]倦容扁舟夜泛:指范蠡泛舟五湖。　　[5]越王故垒:勾践营造的越国史迹。《越绝书》载越王宫台"周六百二十步,柱长三丈五尺三寸,溜高丈六尺。宫有百户,高丈二尺五寸",此外勾践还筑小城,又命范蠡筑山阴大城,开山阴故水道等。　　[6]小丛:唐代越州歌伎盛小丛。此借指辛弃疾侍女。　　[7]"更坐"二句:自《九歌·湘夫人》"帝子降兮北渚,目眇眇兮愁予"、张继《枫桥夜泊》"月落乌啼霜满天"、辛词"只今木落江冷,眇眇愁余"三家化出。

赏 析

　　同是咏越国设美人计灭吴之事,姜夔的叙述灵动而有巧思。更重要的是,以此词复观辛词,可知辛稼轩深是彀中之人。姜白石一生未有仕宦,却赖朱门以食,其性狷介,颇能以冷眼旁观政治的波诡云谲。本词的胜场就在于词人完全置身事外,以全知者的视角审视吴越争霸历史,而几乎不寄托任何个人情绪。对姜夔来说,谈论这些旧史远不如一边给小丛伴奏,一边静待月落天明有意思。辛稼轩绞尽脑汁地将数不清的意象、隐喻、议论装进等量的字眼里,作品膨胀成了庞然大物,并将作者裹挟入内不能自拔。

比之辛稼轩,姜白石有着更清晰的自我意识。"白石才子之词,稼轩豪杰之词;才子豪杰,各从其类",刘熙载此说至为允当。

清 佚名 越王宫殿图(局部)

高翥

高翥（1170—1241），初名公弼，后改名翥，字九万，号菊涧，余姚（今浙江余姚）人。南宋著名江湖诗派诗人，以清丽脱俗的诗风闻名于世。他与绍兴有着不解之缘。在游历四方、广结诗友的生涯中，高翥曾多次驻足绍兴，被这座古城深厚的文化底蕴和秀丽的自然风光深深吸引。他漫步于稽山鉴水间，感受越文化的独特韵味，笔触间流露出对绍兴的无限眷恋。在绍兴的日子里，高翥不仅创作了大量脍炙人口的诗篇，更与当地文人墨客交流切磋，促进了文学艺术的繁荣与发展。绍兴的青山绿水与人文情怀，成为他诗歌创作中不可或缺的一部分，也让他在后世诗坛上留下了与绍兴紧密相连的佳话。

兰 亭

老来浑不爱春游，来对兰亭烂漫秋。[1]
亭下水非当日曲，山前竹似旧时修。[2]
二三客子因怀古，八百余年续胜流。
试与山灵论往事，不知还肯点头不。[3]

（《菊涧小集》）

元　钱选　兰亭观鹅图（局部）

注　释

[1]烂漫秋：形容秋天的景色美丽而灿烂。　　[2]修：长。　　[3]山灵：山中的神灵。

赏　析

《兰亭》一诗，借古喻今，深情地勾勒出诗人对绍兴兰亭的独到感悟与深厚情怀。兰亭，作为绍兴的文化地标，不仅承载着王羲之《兰亭集序》的千古风流，更见证了无数文人墨客的雅集与怀古之情。诗人笔下的兰亭，水虽非当日之曲，竹却似旧时之修，寓意着时间的流转与自然的恒常。二三客子因景怀古，思绪跨越八百余年，与古人共鸣，续写着兰亭文化的胜流。最后，诗人试与山灵论往事，以幽默诙谐之笔，表达了对兰亭深厚文化底蕴的追慕。

刘克庄

刘克庄（1187—1269），初名灼，字潜夫，号后村居士，莆田（今属福建）人。南宋时期杰出的豪放派词人、江湖诗派诗人、诗论家。以荫入仕，淳祐六年（1246）赐同进士出身。官至工部尚书兼侍读，以龙图阁直学士致仕。有《后村先生大全集》。

曹 娥

穹壤有时敝，娥名万古垂。[1]
直从彤管笔，便到色丝碑。[2]

（《后村居士集》卷一五）

注 释

[1] 穹壤：指天地。　[2] 彤管笔：古代女史用以记事的红色笔杆之笔，后多指女子之文采或记录历史的笔。这里借指书写曹娥事迹的笔墨。

赏 析

此诗以曹娥之名，颂扬了孝道的永恒价值，其深意与绍兴这座历史文化名城相得益彰。绍兴,自古便是孝文化的沃土,曹娥事迹的流传,为这片土地增添了浓厚的文化底蕴。诗中"穿壤有时敝,娥名万古垂",不仅展现了曹娥的孝心超越时空,也隐喻了绍兴文化历久弥新的生命力。"直从彤管笔,便到色丝碑",笔触间流露出对曹娥事迹被文字记载、碑刻永传的欣慰。绍兴作为这一文化传承的重要载体,其深厚的历史积淀与人文情怀,在此诗中得到了巧妙的呼应。整首诗以简洁明快的语言,勾勒出曹娥的光辉形象,同时也展现了绍兴这一文化名城的独特魅力。

周 密

周密(1232—约1298),字公谨,号草窗、四水潜夫等,祖籍山东济南,迁居吴兴(今浙江湖州)。以门荫入仕,官至两浙运司掾属、丰储仓检查。入元后不仕。与吴文英(号梦窗)并称"二窗"。著有《草窗韵语》《蘋洲渔笛谱》《云烟过眼录》《齐东野语》《武林旧事》《癸辛杂识》等,编有《绝妙好词笺》。周密晚年居杭,中年曾游会稽,并在剡县居住。

西江月 怀剡

万壑千岩剡曲,朝南暮北樵中。[1] 江潭杨柳几东风,犹忆当年手种。[2]　　鬓雪愁侵秋绿,容华酒借春红。[3] 非非是是总成空,金谷兰亭同梦。[4]

(《草窗词集》卷下)

注 释

[1]"万壑"句:形容剡溪蜿蜒曲折,两岸山色秀美。　[2]"江潭"二句:用桓温典故,怀念在剡中时的生活,抚今追昔,感年华易逝。《世说新语·言语》:"桓公北征,经金城,见前为琅邪时种柳,皆已十围,

慨然曰：'木犹如此，人何以堪！'攀枝执条，泫然流泪。"　　[3]容华：美好的容颜。　　[4]"非非"句：感慨人世间一切是非最终都是一片虚幻一场空。《庄子·齐物论》："彼亦一是非，此亦一是非。""金谷"句：指金谷园的宴游、兰亭的雅集，最终都会消散，如梦一般。金谷，西晋石崇的别墅金谷园。

赏　析

　　此词为景炎元年（1276）冬天，周密从剡县返回杭州，与好友王沂孙短暂相聚酬唱时所作。此前一年冬天，元军已渡过长江，攻陷鄂州，宋朝国事日亟，但一息尚存，周密与王沂孙在会稽交游了一个月，或将往义乌赴任。但写作该词之时，元军已占临安。彼时年届四十五的周密虽有施展抱负之心，亦再无可能。入元以后，周密抱遗民之痛，以整理故国文献自任，再未出仕。国仇身憾交织，又面临与友人的再次分别，周密却无能为力。词中描绘的远去的剡溪美景，所叹的鬓雪容华，非非是是，大概也就只能用"空""梦"纾解了。

林景熙

　　林景熙（1242—1310），字德阳，一作德旸，号霁山，世居平阳坳中（今属浙江苍南）人。宋度宗咸淳七年（1271）太学释褐，授泉州教官，历礼部架阁，转从政郎。宋都陷，不仕，栖隐故山。景炎二年（1277），适会稽王英孙延致四方贤士，遂北游于越，寓会稽山中王氏园亭，日与友人山水自娱，赋咏遁世，遂成莫逆。杨琏真迦盗发宋陵，林景熙与唐珏等人收掩遗骸，瘗兰亭山中，植冬青树于其上，后世誉称"唐林二义士"。景熙诗文多哀国伤时之作，情辞凄婉，寓越诗作，尤多哀伤。著有《霁山集》。

冬青花

冬青花，花时一日肠九折。[1]

隔江风雨清影空，五月深山护微雪。[2]

石根云气龙所藏，寻常蝼蚁不敢穴。[3]

移来此种非人间，曾识万年觞底月。[4]

蜀魂飞绕百鸟臣，夜半一声山竹裂。[5]

（《霁山集》卷三）

注　释

[1]冬青花：此句《遂昌杂录》《辍耕录》皆作"冬青花，冬青花"。一日肠九折：化用司马迁《报任安书》"肠一日而九回"，形容内心哀痛之极。　[2]隔江风雨：隐喻与绍兴一江之隔的都城临安，遭遇覆亡。清影：清朗的光影，喻国泰民安的日子。五月深山：五月的兰亭山中，指冬青花开的时节。微雪：冬青花开的景象。　[3]"石根"二句：隐喻帝骸所瘗之处，普通老百姓不得杂葬其中。　[4]"移来"二句：隐喻从原常朝殿移来的冬青树，曾经阅历前朝群臣的朝贺和祝寿，并非人世间普通的树种。万年觞，化用周邦彦《汴都赋》"群臣进万年之觞，上南山之寿"意，指祝寿的酒杯，隐喻赵宋江山依然无恙的梦想。　[5]"蜀魂"二句：化用杜甫《玄都坛歌寄元逸人》"子规夜啼山竹裂"诗意，隐喻亡国之哀痛。蜀魂，指杜鹃鸟。相传杜鹃为蜀帝杜宇所化鸟，故以"蜀魂"称。

赏　析

　　林景熙与谢翱并称南宋遗民诗人翘楚，皆与绍兴紧密相关。林景熙前后两次寓居会稽，留下诸多凄惋悲慨的歌诗佳作，《冬青花》即其中之一。此诗首两句以冬青花开之景，烘托"肠九折""隔江风雨"语境，倍触亡国哀痛。中间两句以"龙所藏""万年觞"，隐喻帝骸已窆，梦想赵宋江山之未亡。最后一句化用"蜀魂"典故，凸显殇国之痛。金性尧评："本诗以不忍见冬青开花始，以不忍听鹃声作结，曲达遗老心事。"

唐 珏

唐珏（1247—？），字玉潜，号菊山，会稽山阴人。南宋太学生。家贫，聚徒授经，以养其母。宋亡，会稽王英孙隐居不仕，于会稽山中延致四方贤士，日以赋咏避世，唐珏、林景熙、谢翱、郑朴翁等皆慕名而聚为诗友。杨琏真迦盗发宋帝陵墓，诸友协谋收掩陵骨，唐、林故扮为采药者或丐者，收捡遗骸，瘗兰亭山中，又移宋常朝殿冬青树，植于其上以示标识，遇寒食，则秘祭之。后渐传义风，震动吴越，被誉为"唐林二义士"，祀绍兴双义祠。唐珏善诗，惜多亡佚，仅存《冬青行》《水龙吟·赋白莲》等诗词数首，诸咏皆托物赋意，寄寓亡国哀痛。

冬青行（其一）[1]

马棰问髐形，南面欲起语。[2]

野麕尚屯聚，何物敢盗取。[3]

余花拾飘荡，白日哀后土。[4]

六合忽怪事，蜕龙挂茅宇。[5]

老天鉴区区，千载护风雨。[6]

（《元诗纪事》卷三一）

注 释

[1]冬青：即冬青树。此处隐喻作者等收掩宋帝陵骨，并植冬青树于其上以示标识一事。行：古诗的一种体裁。此诗约作于至元二十一年（1284），时南宋帝陵遭杨琏真迦盗发。　　[2]"马棰"二句：典出《庄子·至乐》："庄子之楚，见空髑髅，髐然有形，撽以马捶，因而问之……髑髅深矉蹙额曰：'吾安能弃南面王乐而复为人间之劳乎？'"此处隐喻宋陵被杨琏真迦盗发后之惨状，形容枯骨抛散而暴露，帝王们在地下哭泣。马棰，亦作马捶，意为马杖、马鞭。髐，枯骨暴露。南面，帝位面朝南，故代称帝位，此指埋葬于绍兴宝山的宋陵诸帝。　　[3]"野麕"二句：前句典出《诗经·召南·野有死麕》"野有死麕，白茅包之……野有死鹿，白茅纯束"，比喻死去的野兽尚且要用白茅包裹起来掩埋，何况是人的墓葬，更不该随意盗取。麕，同麋，类獐子。屯束，亦作纯束，捆扎之意。　　[4]"余花"二句：指捡拾被盗发而抛散的宋陵诸帝遗骸，恰如抛弃了家庭而寻求避难，如此惨状，白日之下，后土尊神都感到悲痛。飘荡，此处意为抛弃了家庭而避难。后土，总司土地的神。　　[5]"六合"二句：是说如此突发的天下奇悲之事，应给予捡拾的宋帝遗骨谋求平民墓葬的归宿。六合，天下，人世间。蜕龙，指帝王遗骨。挂，此处作谋求解。茅宇，茅屋。谢翱有《山阴茅宇》诗，意为庐墓，故此处亦作庐墓解。　　[6]"老天"二句：是说老天有灵应明察我的苦心，希望在如此危难处境下能永远护佑他。鉴，明察。区区，谦辞，我。风雨，喻危难、恶劣之处境。

赏 析

唐珏以仅存《冬青行》诗二首，跻身宋末诗人之列，既以诗名，更以义名。二诗实叙杨琏真迦盗陵及众人收掩陵骨事，然辞旨隐约，寄慨遥深，非善读者不易解其意。此处选收其一。此诗开篇化用《庄子·至乐》典故，借"马捶撒髑髅"问答故事隐喻宋陵遭盗发之惨状，又化用《诗经·召南·野有死麕》"白茅纯束"隐喻盗陵发棺之辱，其后又借"飘荡""蜕龙""风雨"等词隐喻宋社既覆，陵骨谋求归宿，厄运危时，更触义士之痛。全诗虽无一字着宋陵，然无一句不哀痛，可谓悲凉愀怆，字字泣血。"冬青"一词自此诗而赋予新的含义，成为后世思念故国的代名词。

清　任熊　唐珏瘗骨树冬青图

张 炎

张炎（1248—1314后），字叔夏，号玉田，晚号乐笑翁。祖籍成纪（今甘肃天水），定居临安（今浙江杭州）。南宋词人、词论家。出身世家，南宋初抗金名将张俊六世孙，其曾祖张镃、父张枢均有词名。宋亡，其家亦破，游于江南一带。曾作《春水》词，时人以为绝唱，故有"张春水"之称。其词宗姜夔，重音律，尚典雅，以咏物著称。早年所作，多表现贵族公子的生活，宋亡后多寄托身世衰败之感和家国覆亡之痛。张炎撰《词源》一书，对词的音律、技巧、风格及历代词人的得失，论述甚备。有词集《山中白云词》。

忆旧游 登蓬莱阁[1]

问蓬莱何处，风月依然，万里江清。休说神仙事，便神仙纵有，即是闲人。笑我几番醒醉，石磴扫松阴。[2]任狂客难招，采芳难赠，且自微吟。[3]

俯仰成陈迹，叹百年谁在，阑槛孤凭。[4]海日生残夜，看卧龙和梦，飞入秋冥。[5]还听水声东去，山冷不生云。[6]正目极空寒，萧萧汉柏愁茂陵。

（《山中白云词》卷一）

注 释

[1]别本题作"登越州蓬莱阁"。 [2]石磴:石阶。松阴:松树之阴,幽静之地。 [3]采芳难赠:欲采芳草,无人可赠。 [4]阑槛:栏杆。 [5]残夜:将亮未亮。卧龙:指卧龙山,绍兴城西北的府山,因形似卧龙得名;因越大夫文种葬此,又称种山。秋冥:幽深的秋天。 [6]不生云:云气蛰伏,毫无生动气象。

赏 析

　　宋亡之后,词人于深秋之夜,独自登上蓬莱阁,凭吊山河。"风月"句着重从时间上写人事的变化,"万里"句着重从空间上写眼界的空阔。面对人世大变和自然永恒,感慨生哀。绍兴西望钱塘江,东南有曹娥江,北对杭州湾,登高眺远,江天空阔。亡国巨变,风月依旧,人事已非,客子形单影只,不可能如神仙超然世外。作者清醒地知道"世"无从"出",神仙并不存在,不值得追求。大江东去,滔滔之声,山河变色,一片凄暗,抒发了物人皆非之感慨。

谢 翱

谢翱（1249—1295），字皋羽，号晞发子，福建福安人，徙居浦城（今属福建）。曾投文天祥帐下，署咨事参军。宋亡，变姓名，自号晞发子，后避地永嘉、括苍、鄞、越、婺、睦州等地，与遗民逸士相交往，诗文酬唱，遁世离俗。谢翱自至元二十年至二十五年（1283—1288）避地绍兴，其间曾探禹穴，哭越台，并与友人结汐社于会稽山中，托迹山水，吟唱自娱。会杨琏真迦盗发宋陵，谢翱亦参与秘收遗骨事。元贞元年（1295）卒于杭州，葬严子陵钓台。其诗文存《晞发集》十卷，中多越地歌咏。

冬青树引别玉潜 [1]

冬青树，山南陲，九日灵禽居上枝。[2]

知君种年星在尾，根到九泉杂龙髓。[3]

恒星昼霣夜不见，七度山南与鬼战。[4]

愿君此心无所移，此树终有开花时。

山南金粟见离离，白衣人拜树下起，

灵禽啄粟枝上飞。[5]

（《晞发集》卷四）

注　释

[1] 引：古诗的一种体裁。玉潜：唐珏，字玉潜。唐、谢二人皆收掩陵骨、移植冬青之协谋者。此诗作于至元二十二年（1285），前此，唐珏已作《冬青行》（其一）。　　[2] 山南：指兰亭山之南。古天章寺在兰亭山东南麓，即冬青标识之地。陲：边疆，边缘。此处作流传解，隐喻对赵宋江山长传不灭之祈愿。灵禽居上枝：谓灵鸟在冬青树上筑巢。　　[3] 星在尾：岁星在尾宿，系种冬青之年。此条原存两说，黄宗羲注为"岁在寅也"，彭玮《南村辍耕录跋》注为"寅月也"。当代研究认为，以上两说皆误，"岁星在尾宿"实在至元二十一年甲申（1284）。龙髓：隐喻宋陵遗骨。　　[4] "恒星"二句：恒星昼贯，隐喻杨琏真迦发陵在昼。夜不见，隐喻协谋诸人遣员夜往宋陵捡骨，寻觅不易。七度山南与鬼战，隐喻分七次在夜间至兰亭山南窆陵骨、植冬青，"鬼战"者，深夜行其事也。　　[5] 金粟：双关语，表象指桂花，别称金粟，兰亭天章寺所在，地本多桂；隐喻指金粟堆，今陕西蒲城东北金粟山唐玄宗的陵墓，喻指宋陵。离离：亦双关语，若金粟以桂花解，此指盛多貌；若金粟以陵寝解，此指悲痛貌。白衣人：旧指平民，亦指无功名的读书人，此处显系作者自况。

赏　析

谢翱是南宋遗民诗人的代表人物，尤以其避居两浙时赋咏诗文最称佳作。此诗为谢翱与唐珏拜别时作，谢翱寓越之年，亦参与收掩陵骨之役，其时山河既失，天地黯然，托之比兴，似闻哭音。诗之首句同以冬青开篇，借灵禽栖枝之瑞象，抱宋社再起之祈愿。

二句以唐珏移种冬青之时事相追忆,隐喻宋帝陵骨已得重新瘗埋。三、四两句先述夜潜宋陵捡骨之艰辛,七次夜入兰亭山南窆陵骨、植冬青之壮举,又以"此树终有开花时"隐喻故国之思。五句自叙与唐珏再至兰亭,同拜陵前树下,起而道别的哀伤之情。诗中"知君""愿君"二词,前后呼应,益见谢、唐之相知。后人评谢翱歌诗"其称小,其旨大;其辞隐,其义显;有风人之余,类唐人之卓卓者",此诗可当之。

袁 桷

袁桷（1266—1327），字伯长，号清容居士，鄞县（今浙江宁波）人。师从戴表元，后师事王应麟。以能文名，任丽泽书院山长，后荐为翰林国史院检阅官，升应奉翰林文字，又任集贤直学士，不久任翰林院直学士，知制诰同修国史。袁氏文章博硕伟丽，诗风俊逸。卒赠中奉大夫、江浙中书省参政，封陈留郡公，谥文清。著有《清容居士集》。

越船行

越船十丈青如螺，小船一丈如飞梭。

平生不识飘泊苦，旬日此地还经过。

三江潮来日初晚，九堰雨悭河未满。[1]

当时却解傍朱门，醉眼看天话长短。

年来官府催发纲，经月辛苦鬓已霜。[2]

布裘漫作解貂具，入门意气犹猖狂。

自古鱼鲑厌明越，明日今朝莫论说。[3]

买鱼沽酒不计钱，被发江头傲明月。[4]

劝君莫作越船妇,一去家中有门户。[5]

沙上摊钱输不归,却向邻船荡双橹。[6]

(《袁桷集校注》卷八)

注　释

[1]三江:指钱塘江、钱清江、曹娥江。三江汇流于绍兴北三江村,经三江闸而入海。九堰:浙东运河上堰坝的总称。　[2]发纲:发船运输。纲,自唐朝起,成批运输大宗货物以若干船或车为一组,一组称为一纲。　[3]鲑:古代鱼类菜肴的总称。厌:满足。明越:明州和越州。　[4]被发:发不束而披散。　[5]门户:家庭。[6]摊钱:赌博的一种。

赏　析

　　宋元之际,民间造船业非常发达。浙东运河沿线的明、越二州,常见一种所谓的梭飞船,这种船至少在元代的浙江已有,又称"二明瓦"船,是明瓦船的一种。二明瓦船船体相对较小,行船速度较快,仿佛织布机上的梭子在飞快地穿行,因此被形象地称为"梭飞"。袁桷此诗"越船十丈青如螺,小船一丈如飞梭",即是描述此种船。绍兴鱼多,民间多有以捕鱼为生者,"自古鱼鲑厌明越,明日今朝莫论说。买鱼沽酒不计钱,被发江头傲明月",既是越地水产丰富的反映,也是诗人豪放不羁的写照。

王 冕

　　王冕（1287—1359），字元章，号煮石山农、梅花屋主等，诸暨（今浙江诸暨）人。元代诗人、画家。王冕幼时聪敏异常，先后受业于名师王艮、韩性，学问通达。他曾一度热衷功名，然屡试不中，遂绝意仕途。至正十九年（1359），朱元璋进军浙东，请王冕谋划，授以咨议参军。时王冕已抱恙，不久病卒。王冕的诗歌多写隐逸生活和民生疾苦，语言质朴自然，一改元诗纤弱浮靡之风。

过兰亭有感

东晋风流安在哉？烟岚漠漠山崔嵬。[1]

衰兰无苗土花盛，长松落雪孤猿哀。

满地红阳似无主，春风不独黄鹂语。

当时诸子已寂寥，真本兰亭在何许？[2]

欹檐老树缘女萝，崩崖断壁青相磨。

旧时觞咏行乐地，今日鱼鼓瞿昙家。[3]

荒林昼静响啄木，流水潺潺绕山曲。[4]

游人不来芳草多，习习余风度空谷。[5]

去年载酒诵古诗,今年拄杖读古碑。[6]

年年慷慨入清梦,何事俯仰成伤悲?[7]

故人不见天地老,千古溪山为谁好?

空亭回首独凄凉,山月无痕修竹小。

(《竹斋诗集》卷二)

注 释

[1]东晋风流:魏晋名士普遍崇尚的饮酒、清谈、纵情山水的生活方式,他们身上拥有的率直任诞、清俊通脱的行为风格,就是"风流"的内涵。此处的"东晋风流"指东晋时王羲之、谢安等兰亭雅集一事。烟岚:山间云气。崔嵬:高峻貌。　　[2]当时诸子:指永和九年(353)在会稽山阴参加兰亭集会的王羲之、谢安、孙绰、孙统等人。真本兰亭:指王羲之书写的《兰亭集序》真迹。传说该真迹在唐时为太宗所得,太宗死,以真迹殉葬,存世的为摹本。　　[3]觞咏:饮酒赋诗。王羲之《兰亭集序》:"一觞一咏,亦足以畅叙幽情。"鱼鼓:佛寺中的一种鱼形木雕,长四五尺,悬空挂着,击之以报时,亦称鱼梆。瞿昙:释迦牟尼的姓,亦作佛的代称,借指僧徒。这里用"鱼鼓""瞿昙"两个意象指代天章寺。　　[4]响啄木:指啄木鸟啄木发出的声音。　　[5]习习:微风和煦貌。　　[6]古诗:王羲之、谢安、孙绰等在兰亭雅集上创作了三十七首诗歌,后被汇编《兰亭集》。　　[7]俯仰:意为瞬息,表示时间之短。王羲之《兰亭集序》中有"俯仰之间,已为陈迹"句。

赏　析

此诗以设问"东晋风流安在哉"开篇,引出当下兰亭的荒凉景象:山峦险峻,烟雾缭绕;兰草衰败,土花丛生;雪压松枝,孤猿哀啼;斜阳满地,游人罕至。诗人由此联想到东晋王羲之等群贤在此处饮酒赋诗的盛况,而今聚会的风流名士早已消逝在历史的长河中,王羲之趁兴写下的《兰亭集序》也不知流落到了何处,兰亭也成为僧人撞钟击鼓、诵经礼佛的天章寺。人事的变迁令人生出无限感伤。

诗人以拟人手法赋予兰花、冬雪、猿猴以丰富的情感,构思奇巧,设想瑰丽。兰草的愁苦,孤猿的哀鸣,"长松落雪"的寂寥,就是诗人自己的愁苦、孤独与悲伤。全诗移情入物,景中寓情,意在叙述世事之变迁,表达怀古伤时的万千感慨。

元　王冕　墨梅图

杨维桢

杨维桢(1296—1370),字廉夫,号铁崖,晚号东维子,因善吹铁笛,自称铁笛道人,诸暨(今浙江诸暨)人。元泰定四年(1327)进士,官至建德路总管府推官。元末诗坛领袖,其作品风格受唐代诗人李贺等影响,寒芒横逸,奇诡怪癖,号称"铁崖体"。著有《东维子集》《铁崖先生古乐府》等。

镜　湖

与客携壶放画船,春波桥下柳如烟。[1]

林间好鸟啼长昼,席上高歌乐少年。

醉里探书寻禹穴,醒来访隐过平川。[2]

樵风径上神仙窟,知是阳明几洞天?[3]

(《杨维桢集·铁崖逸编》卷七)

注　释

[1]"春波"句:陆游所作《沈园》中有"伤心桥下春波绿"句,此句或由此而来。　[2]禹穴:在绍兴宛委山,相传禹于此得金简仙书。
[3]神仙窟:神仙居处。亦用以比喻隐居处或逍遥自在的住所。阳明洞天:在绍兴会稽山,为道教三十六小洞天之第十洞天。

元　杨维桢　铁笛图

赏　析

　　镜湖历来都是文人墨客吟咏的对象、灵感的源泉，东晋王羲之，唐人李白、杜甫、贺知章，宋人范成大、陆游等都有相关诗作。杨维桢这首诗，前四句写自己与好友在画船中饮酒作乐，入眼的是碧波荡漾的湖水和雾霭朦胧中的柳枝。耳边听到的是席上少年高昂的歌声，中间夹杂着林间鸟儿的终日啼鸣。其中"春波桥下柳如烟"一句化用陆游"伤心桥下春波绿"，陆游此诗流露出对前妻唐琬的怀恋，杨维桢仅撷取"春波桥"这个物象，单纯写景，无甚言外之意。后四句写诗人醉酒之后，意欲寻找史书所载"禹穴"之所在，醒来后便去探访隐者的足迹，只是沿着若耶溪寻到的神仙居所，不知是道家的第几洞天？诗人描绘了镜湖山水的秀丽风光，借此抒发闲适自得的心绪，也表达出对隐居生活的向往。

浙江诗话

明清

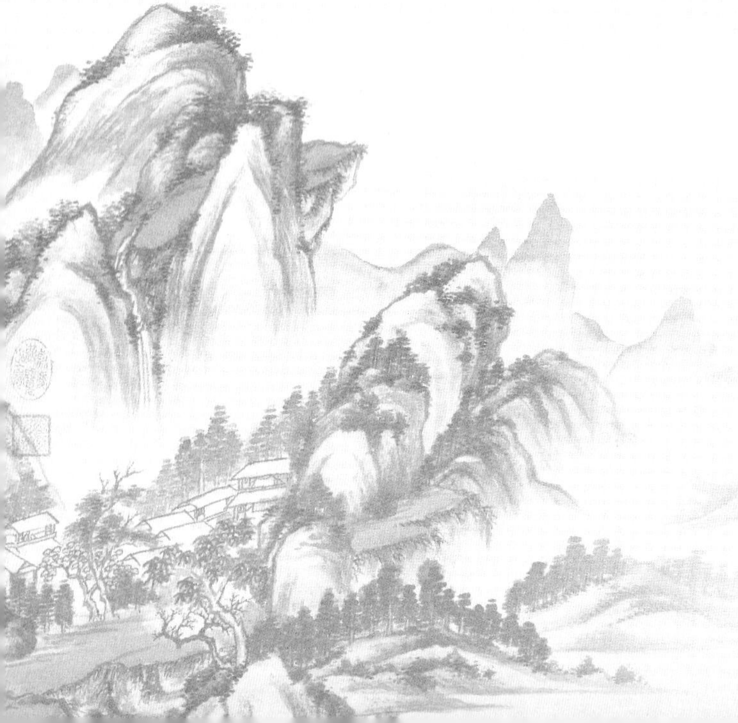

宋　濂

宋濂（1310—1381），字景濂，号潜溪，生于金华潜溪，后寄居金华浦江（今浙江浦江）。际元、明鼎革之乱，隐居小龙门山，自号龙门子，以史迁自况。明代"开国文臣之首"。历官翰林院学士、侍讲学士、知制诰，同修国史，兼赞善大夫。著《潜溪集》《凝道记》《诸子辨》《浦阳人物记》《萝山集》等。后因长孙宋慎坐胡惟庸党，被放逐茂州，死于夔门。

越女谣

人言越女天下白，蔨叶鬟花遮半额。[1]

五色流苏宝帐寒，欲试春风苦无力。

有时醉上鹧鸪台，二十三弦弹不得。[2]

黄头鲜卑称丈夫，短兵未接走似狐，

越女一出无姑胥。[3]

（《宋濂全集》卷一〇〇）

注　释

[1]"人言越女"句：典出杜甫《壮游》："越女天下白，鉴湖五月凉。"

匎叶：妇人的发饰。　　[2]"二十三"句：典出李贺《李凭箜篌引》："十二门前融冷光，二十三丝动紫皇。"　　[3]黄头鲜卑：黄发胡人，盖暗讽元武弁之士。短兵：刀剑。走似狐：是时四方兵起，蒙古贵族居官江南者，多未战而先遁逃，故云"走似狐"。越女：谓西施。西施出而吴国亡。姑胥：姑苏台。

赏　析

　　谣，即歌谣，属于古代乐府歌行的一种。"有乐"叫作"歌"，"徒歌"叫作"谣"。"徒歌"者，无乐伴奏。这首诗有讽喻之意。元代至正末年，淮上兵起，很快蔓延全国，元军将官丧失斗志，多不堪一击，兵败如山，国破家亡，多以贪恋美色的缘故。宋濂目睹此状，使写下此诗，大约作于至正十四年、十五年（1354—1355）之间，是入明以前的旧作。诗的寓意，以红颜为祸水。这个话题虽然陈旧，在不同时代、场景，却有各不相同的表现。所以，历代诗人都喜欢用这个话题赋诗，讽喻其时朝政。

刘 基

刘基（1311—1375），字伯温，号犁眉公，浙江青田县南田乡（今属浙江文成）人。元元统元年（1333）进士，授江西高安县丞，后应朱元璋之请，任谋臣，为明朝开国功勋之一，官至御史中丞兼太史令，封诚意伯。正德八年（1513），追谥文成。著有《郁离子》《覆瓿集》《写情集》等。元末时局动荡，刘基曾避地会稽。在此期间，他广交缙绅名士，游览风物，诗作甚多，如《春兴七首》《会稽张氏春晖堂》《送道士张玄中归桐柏观诗序并诗》等。

会 稽

会稽南镇夏王封，蔽日腾空紫翠重。[1]

阴洞烟霞辉草木，古祠风雨出蛟龙。

玄夷此日归何处，玉简他年岂再逢？[2]

安得普天休战伐，不令竹箭困输供。[3]

（《刘文成集》卷一六）

注 释

[1]南镇：指会稽山。会稽山为中国五大镇山之"南镇"。夏王：大禹。

紫翠：指花木繁盛，呈现出紫翠之色。　　[2]玄夷：指玄夷苍水使者，山神之名。据《吴越春秋·越王无余外传》载，大禹治水遇到艰难险阻，在睡梦中得到玄夷苍水使者指点，于是设斋三月，登宛委山，得到金简之书，知晓通水之理。玉简：据《拾遗记》载，大禹治水凿龙门，伏羲授大禹玉简。玉简长一尺二寸，以合十二时之数，可以测量天地。大禹即执此简以平定水土。　　[3]竹箭：竹制的利箭。亦可理解为细竹。《尔雅》："东南之美者，有会稽之竹箭焉。"

赏　析

这首诗属于怀古题材，作者借吟咏会稽山相关典故表达了反战情绪。首联用"会稽南镇""夏王"点题，引出大禹相关典故；"紫翠"一词对会稽山自然风貌进行了升华，使其具有圣境之感。颔联虚实交错，对实景进行描述，"蛟龙"一词加重了"古祠"的神秘感、庄重感。颈联引用大禹治水典故，暗示大禹作为一国之君，具有为生民立命、为万世开太平的高贵品质，当权者应视其为典范。此诗作于元末明初，彼时国家久经战乱，百废待兴。作者于尾联化用杜甫《洗兵马》"安得壮士挽天河，净洗甲兵长不用"，以会稽风物道出反战思想，同时表达出对执权柄者实施新政的美好期望。

高 启

高启(1336—1374),字季迪,号槎轩、青丘子,平江路长洲县(今江苏苏州)人。元末明初诗人,与宋濂、刘基并称明初诗文三大家,又与杨基、张羽、徐贲并称为"吴中四杰"。明初应召入朝,授翰林院编修。后因《郡治上梁文》"龙蟠虎踞"之句触怒朱元璋,被腰斩。高启曾在元至正十八年至二十年(1358—1360)间,赏游东南诸郡,戊戌冬出吴,渡浙江,过萧山,入绍兴,时值兵乱,遽返钱塘,继游德清、海昌,后归吴。

夜发钱清

钱清渡头船夜开,黄茅苦竹闻猿哀。

客官酾酒水神庙,风雨满江潮正来。

蒸饭炊鱼坐篷底,不觉舟行两山里。

棹歌早过越王城,东方未白啼鸦起。[1]

(《高太史集》卷八)

注 释

[1]越王城:据《大明一统志·绍兴府》记载,越王城在绍兴府城东南十里,

为越王勾践栖兵处；萧山县西九里亦有越王城。

赏　析

　　这是高启乘船于至正十八年冬离开绍兴时所作的一首七言古诗。诗人趁着夜色在钱清江渡口乘船出发，旅途中，他听到的是穿过黄茅苦竹的声声猿哀，看到的是水神庙里斟酒畅饮的客官，感受到的却是"风雨满江潮正来"的动荡时局。幸而已踏上回程，舟行迅疾，朝阳尚未升起，船只已然离开越王城。此时，诗人感到松快许多，悠然地坐在篷底蒸饭炊鱼。诗人表达的是想要离开战乱之所的迫切心情，以及逃离之后的轻松愉快，并未对元末明初的民生疾苦有所观照，更遑论展现忧国忧民的情怀了，这是高启诗歌的一个特征。

王守仁

王守仁（1472—1529），字伯安，号阳明，浙江余姚人，在绍兴府城生活、成长。弘治十二年（1499）举进士，官至南京兵部尚书、左都御史。王阳明是"心学"的集大成者，晚年长居越城讲学，他的学说在明代中期以后影响很大。著有《王文成公全书》。

兰亭次秦行人韵[1]

十里红尘踏浅沙，兰亭何处是吾家？
茂林有竹啼残鸟，曲水无觞见落花。
野老逢人谈往事，山僧留客荐新茶。
临风无限斯文感，回首天章隔紫霞。[2]

（《王阳明全集》补编）

注　释

[1] 秦行人：指秦文，字从简，号兰轩，时任南京行人司行人。
[2] 天章：即天章寺，晋代兰亭旧址在元代已改建为天章寺。

赏　析

　　这首诗创作于弘治十年（1497），时年二十六岁的王阳明与秦文游兰亭。诗歌首先交代王阳明十里踏沙来兰亭寻找王羲之当年禊集觞咏之处，遗憾的是并未寻得，王阳明发出"何处是吾家"的感慨。颔联和颈联中的"落花""新茶"点出二人访游正值暮春时节，他们欣赏着茂林修竹、落花满池、鸟儿啼鸣的美景，在路边逢着唠叨往事的野老，到寺里品尝了山僧端出的新茶。末尾写到，昔日的兰亭旧址早已改建成天章寺，王羲之禊集觞咏之处也没了踪迹，王阳明内心由此生出无限感慨，最终只得惆怅地告别兰亭而去。

登香炉峰次萝石韵 [1]

曾从炉鼎蹑天风，下数天南百二峰。

胜事纵为多病阻，幽怀还与故人同。

旌旗影动星辰北，鼓角声回沧海东。

世故茫茫浑未定，且乘溪月放归篷。

（《王阳明全集》卷二〇）

明　陈洪绶　阳明先生像

注 释

[1]香炉峰：会稽山诸峰之一。萝石：指董沄，字复宗，号萝石。六十八岁游会稽，听王阳明讲"良知"说，如梦初醒，遂执意从王。

赏 析

王阳明晚年长居越地，多与门人弟子在会稽山地区讲学游赏，唱咏歌怀。这首诗便是他与董萝石的唱和之作。开篇写王阳明遥想当年，告病归越后，曾登上香炉峰顶，享受驾驭云风、俯视天地的感觉。继而写当下，而今岁月已老，拖着多病的残躯，再难享受登山探险的美好，但这种渴望仍与故人无异。接下来王阳明追忆起他平定宁王之乱的场景，旌旗飘动，鼓角声扬。末尾又将回忆拉到当下，抒发感慨，世事变幻莫测无定数，姑且乘着明月坐篷船归去。

季　本

季本（1485—1563），字明德，号彭山，绍兴府会稽人。正德十二年（1517）进士，授建宁府推官，后累官至长沙知府，因诛除豪强过当罢归。此后二十余年，寓居禅寺，专事著述。其学先师王文辕，后转师王守仁，为浙中王门传人之一。其学尚实，贵主宰而恶自然，不喜空谈性理。所著除五经四书的疏释外，尚有《庙制考义》《乐律纂要》《蓍法别传》诸书，考释颇繁细。

宋六陵 [1]

玉辇金舆不可旋，六陵松柏五峰前。[2]

愁云暗结黄昏雨，断石空埋白昼烟。[3]

楚志欲窥三代鼎，蜀魂空托五更鹃。[4]

细从故老询遗事，不待冬青已悯然。

（万历《会稽县志》卷一四）

注　释

[1] 宋六陵：指永思陵、永阜陵、永崇陵、永茂陵、永穆陵、永绍陵，乃南宋高宗、孝宗、光宗、宁宗、理宗、度宗的陵墓，在今绍兴市宝

山南麓。　　[2]玉辇、金舆：天子乘坐的车轿。旋：回还，归来。[3]断石：陡峭的岩石。　　[4]"楚志"句：指"楚王问鼎"一事。西周时，以所用鼎的大小及多少代表贵族的身份等级，问鼎显示出楚庄王觊觎王权之意。

赏　析

　　这是一首怀古诗。开篇说南宋天子乘坐富贵华丽轿辇的盛大场面早已一去不返，而今只剩松柏常年驻守在埋葬帝王尸骨的陵园里，昔日的繁华与当下的冷寂形成鲜明对比。颔联通过写景烘托出惨淡、压抑的氛围，天空中昏暗的云朵聚集成片，陡峭的岩石中也生出团团雾气，一场瓢泼大雨将在黄昏时落下。颈联使用了两则典故，一是楚王问鼎、欲代周室，二是望帝化鹃、昼悲夜啼，诗人借此表达出对南宋王朝覆亡的惋惜与同情。尾联写诗人向饱阅世变的老人询问六陵旧事，这些帝王尸骨在元朝遭遇的种种暴行，不禁令诗人黯然神伤，甚至陵园里的冬青树都表现出忧思的样子。全诗寓情于景，情景交融，情感表达真挚委婉，感人至深。

徐　渭

徐渭（1521—1593），初字文清，改字文长，号天池山人、青藤道士等，山阴人。二十岁为诸生，屡次乡试不中。后为浙江总督胡宗宪幕僚。晚年落拓乡里，以书画为生。徐渭多才多艺，自谓"书第一，诗二，文三，画四"。他主张文学创作当以"本色"为贵，为公安派先声。著有《四声猿》《南词叙录》《徐文长佚稿》等。

镜湖竹枝词（其一）

越女红裙娇石榴，双双荡桨在中流。[1]

憨妆又怕旁人笑，一柄荷花遮满头。

（《青藤书屋文集》卷一一）

注　释

[1]越女：指绍兴一带的女子。娇石榴：指衣裙颜色如石榴花般鲜红娇美。

赏　析

　　这首竹枝词描绘了越女在镜湖乘舟游赏的画面。少女穿着鲜艳娇美的石榴裙，画着简单的妆容，摆动着双桨，一直划向湖水中央，于湖心采下一柄荷花，羞羞答答地遮掩住自己的容颜。任谁看到这幅景色，想必都会被少女甜美娇羞的模样所打动。这首竹枝词清新明快，诗人的情感也从对外物的观照、默会中自然流淌出来，毫无矫揉造作之态。

明　徐渭　驴背吟诗图（局部）

周汝登

　　周汝登（1547—1629），字继元，号海门，浙江嵊县（今浙江嵊州）人。万历五年（1577）进士，擢南京工部主事，历兵、吏二部郎官，官至南京尚宝司卿。周汝登年十八从学于王阳明高弟王畿，晚年率众讲学里中，为王阳明再传弟子之表率。著有《海门先生集》《东越证学录》《圣学宗传》等书。

子猷桥

王猷乘雪兴偏豪，千载余今上此桥。
古墓苍烟浮断石，空江斜日照寒潮。[1]
一天云气山吞吐，转眼沙痕浪涨消。
何处远林松籁起，坐怜长夜听箫韶。[2]

（《周汝登集·周海门先生文录》卷一二）

注　释

[1] 空江：空阔的江面。　[2] 松籁：风吹松树发出的自然声韵。箫韶：相传是舜时的乐曲名。后人以箫韶喻指庄重和美的音乐。

赏　析

　　这是一首怀古诗，叙述诗人在子猷桥上的所见所闻、所感所思。诗歌开篇便交代这座桥得名的缘由，晋王徽之乘着兴致于雪夜拜访戴安道，行至门前兴尽而返，此桥正是他返棹之处。千年后的诗人有幸踏足这座桥，便生出无限感慨。颔联直至尾联都在描述诗人站在桥上见到的景象，山间古墓里升起袅袅云烟，飘浮在陡峭的岩石间，斜阳照耀在寂静的江面上，温暖了寒凉的潮水。白日里，远山不断吞吐着云气，夜幕降临，涨起的潮水瞬间带走了沙滩上的痕迹。远处丛林里传出风吹树叶的自然声韵，真想整夜都聆听这美妙的仙乐啊。

　　诗人借景抒情，借事言志，抒发了对魏晋名士那种不受外界羁绊、追求自由的人生态度的向往。

袁宏道

袁宏道（1568—1610），字中郎，号石公，荆州府公安（今湖北荆州）人。万历二十年（1592）进士，历任吴县知县、礼部主事、国子博士等职。万历三十八年以吏部验封司郎中告归，不久患病去世。袁宏道是晚明文学流派"公安派"的代表人物，他反对"文必秦汉、诗必盛唐"的拟古之风，主张"独抒性灵、不拘格套"。万历二十三年，袁宏道请辞吴县县令后遍游东南名胜，徜徉于无锡、杭州、绍兴等地的佳山秀水。在绍兴作《初至绍兴》《吼山观石壁》《禹穴》《西施山》《宋帝六陵》《贺家池》《兰亭》《山阴道》等诗。

初至绍兴

闻说山阴县，今来始一过。

船方革履小，士比鲫鱼多。[1]

聚集山如市，交光水似罗。

家家开老酒，只少唱吴歌。

（《袁中郎全集》卷三四）

宋　梁楷　山阴书箑图（局部）

注　释

[1]"船方"句：绍兴为江南水乡，行旅主要依赖船只。越船大者十丈，小者仅丈余。革履，即皮鞋。革履小，形容越船小者。"士比"句：晋室东渡，北方士族纷纷南迁，时有"过江名士多于鲫"之说。此借指绍兴历史上名士众多，人才辈出。

赏　析

　　这是晚明文学家袁宏道初次来到绍兴所创作的诗歌，诗中叙述了他此行的所见所闻。诗人乘坐乌篷船驶入山阴，岸上行人如云，酒旗斜耸，朱楼繁华，万般绮丽，好不热闹。诗人以轻松舒展的笔调、通俗活泼的语言描绘出平实自然、充满闲适意趣的水乡人文风光,宛如一幅富有山阴特色的风俗画。值得一提的是,颔联中的"士"字,一语双关,既指河道两岸行人熙熙攘攘,又道出了绍兴的深厚历史人文底蕴。无论是以东晋王谢家族为代表的文人风流,还是以王守仁、刘宗周为代表的理学思想,无不蕴藏着丰盈的士气,绍人之品性、绍地之风尚由此可见一斑。

刘宗周

刘宗周（1578—1645），字起东，号念台，山阴人。万历二十九年（1601）进士，天启初为礼部主事，历右通政，累官至左都御史。杭州失守后，坚守臣节，绝食死。曾先后讲学于京师首善书院和家乡的蕺山讲堂，学者称蕺山先生。他是宋明理学的殿军，也是蕺山学派的开创者，在中国思想史上影响巨大，清初大儒黄宗羲、陈确等皆出其门。著作颇富，有《刘子全书》《周易古文钞》《论语学案》《圣学宗要》等书。

采蕺歌 有序

余家蕺山，为北郭胜处，即王逸少故里也。有时上山采蕺，望郡大夫官舍于种山，蜿蜒如龙，环错六七山，佳气葱郁，昔人呼小蓬莱者近之。而郡大夫泰符公以风流儒雅治郡事，不减元微之。暇时风日晴好，或花明雪霁，辄命驾登蕺，上其巅，倚亭而啸，夷犹自得者久之。既而访逸少之遗迹，杳不可得见，则怅然回车。余每从圭窦望见公，真飘飘有凌云之气也。昔华歆隐居，走窥官人道上，君子识其不终。乃公固得称吏隐，于余何愧？为赋《采蕺》以怀之。山有亭，即郡大夫所重建，一时诧胜事云。

上山采蕺山之阿，扳蕺下山日午蹉，回首白云漫漫多。[1]

云中仙吏脱佩珂,停骖独上舞婆娑,九秋鹤唳摇林柯。[2]
碧落无尘新亭磨,俯临万井如星罗,足蹑山靸跨山坡。
蓬蒿是处少经过,叩门不应谁与何,水流潺潺池浴鹅。
旌干欲去道不呵,北郭先生寐也歌,种山窈兮种山峨。[3]
种山鸣琴声相和,为谁洗耳稳高卧?[4]

(《刘子全书》卷二七)

注 释

[1]山之阿:山的凹曲处。裞:衣服的后襟。　　[2]仙吏:谓绍兴知府张鲁唯,万历四十六年出为绍兴知府。佩珂:用黄黑色玉石制成的佩饰。停骖:停马不前。　　[3]旌干:即旌竿,谓旗竿,此指张鲁唯一行仪仗。北郭先生:《韩诗外传》载北郭先生却楚庄王之聘不仕。后以"北郭先生"代指隐居不仕的人。种山:在绍兴卧龙山,越大夫文种所葬处。　　[4]洗耳:典出汉蔡邕《琴操·箕山操》,许由听到尧想让位给自己,厌恶听到这样的话,因而临水洗耳。后遂以"洗耳"表示厌恶尘俗的事务,心性旷达于物外。

赏 析

这首诗歌描绘了蕺山的秀丽风景,表现出诗人悠然自得的生活状态。因为拥有家住蕺山的便利,所以诗人常常上山采蕺,一采蕺便忘了时间,总是拖到午后才下山;有时也会命人驾车登蕺,但通常会中途停车,步行蹒跚独上,聆听深秋林间的鹤唳,俯瞰星罗棋布的屋舍。诗人跨过山坡,亦走过山阿。潺潺溪流从山间穿过,几只白鹅在水中沐浴嬉闹,好一派静谧和谐的景象。

写景之后,便是抒情。这首《采葳歌》虽以歌咏葳山为主,但诗人又将种山引入其中。葳山是王羲之的隐居之所,种山是文种的埋葬之地,他们代表着两种人生模式,前者是独善其身,后者是兼济天下,表面上看诗人更青睐隐逸生活,实则他对天下的时局也甚是关切,诗人渴望在两者间寻求一种平衡。

张 岱

张岱（1597—1689），一名维城，字宗子，又字石公，号陶庵，晚号六休居士，山阴人。明清之际史学家、文学家。崇祯八年（1635）参加乡试，因不第而未入仕。张岱出生仕宦之家，家世通显，年轻时常聚集名士征歌度曲，读史阅稗，生活豪奢。明亡后，避兵隐居剡中数年，坚守贫困，潜心著述；顺治六年（1649），移居卧龙山麓快园；约康熙二十八年（1689）去世，葬山阴项里。张岱与谈迁、万斯同、查继佐并称"浙东四大史家"。有《陶庵梦忆》《西湖梦寻》《夜航船》《琅嬛文集》《石匮书》等著作传世。

窆石歌[1]

留此四千年，荒山一顽石。[2]

闻有双玉珪，苍凉闭月日。

血皴在肤理，摩挲见筋渳。[3]

呵护则龙蛇，烟云其饮食。

中藏故神奇，外貌反璞立。[4]

新储金简书，千秋犹什袭。[5]

此下有衣冠，何时得开出？

（《张岱诗文集》卷二）

注　释

[1]窆石：今存于绍兴大禹陵，高约两米，上有圆孔。下棺时的牵引工具。　[2]四千年：大禹生卒年份不详，明人认为距彼时已经有约四千年。　[3]皴：本指皮肤因受冻或受风吹而干裂。泐：石头被水冲激而成的纹理。这两句均描绘窆石的纹路。　[4]璞：未经雕凿的含玉之石。　[5]什袭：把物品一层又一层地包裹起来，以示珍藏。

赏　析

　　本诗通过对禹陵窆石及玉圭、金简书等传奇古物的描述，烘托穿越亘古、沉静而深远的意境，折射对历史时空、哲理的深刻思考。窆石坚硬、持久，经历无数岁月，在近乎文明开端的远古时期即已存在，又将千秋百代地存在下去，恰与人生的短暂形成鲜明对比。传说中窆石下埋葬着大禹的衣冠甚至躯体，但"何时得开出"，不是今人所可想见的了。窆石上铭刻了诸多后人不识的文字，这也增加了窆石的神秘性。

　　明清鼎革之际，张岱虽避居剡县山中，却曾为延续明祚数度努力，如尽鬻家产勤王，在鲁王麾下与马士英等奸佞抗争，受定南伯之聘出山商榷军务。他在乱离中坚持写作明代纪传体史书《石匮书》，本诗中传递的历史感可与之参照。

陈洪绶

陈洪绶（1598—1652），字章侯，号老莲，浙江诸暨人。明末清初书画巨匠。师从刘宗周，崇祯三年（1630）应会试未中，后补入国子监。崇祯十六年南归绍兴。著有《宝纶堂集》。陈洪绶的作品常融入绍兴山水之灵秀，人物画更是栩栩如生，尽显江南风情，为后世留下了宝贵的艺术遗产。

诸暨道中

竹篱茅舍也遭兵，五十衰翁挥泪行。[1]

我有竹篱茅舍在，可能免得此伤情？

（《宝纶堂集》卷九）

注　释

[1] 竹篱茅舍：用竹子编成的篱笆和茅草搭建的房屋，是乡村简朴生活的象征，也暗指普通百姓的居所。五十衰翁：年约五十岁的老人，展示了老人因岁月流逝或生活艰辛而显得衰老、憔悴的形象。挥泪行：形容老人在战乱中被迫离开家园，边走边流泪的情景，深刻表现了战争给人民带来的痛苦。

赏　析

　　此诗作于鲁监国江上兵败之后。诗中写诸暨道中所见所感，揭示国破家亡的现状，抒写亡国之恨。竹篱茅舍，本是乡村宁静生活的象征，却在明清鼎革之乱中难逃战火的侵扰。此诗以小见大，通过个人遭际映射出时代的苦难。

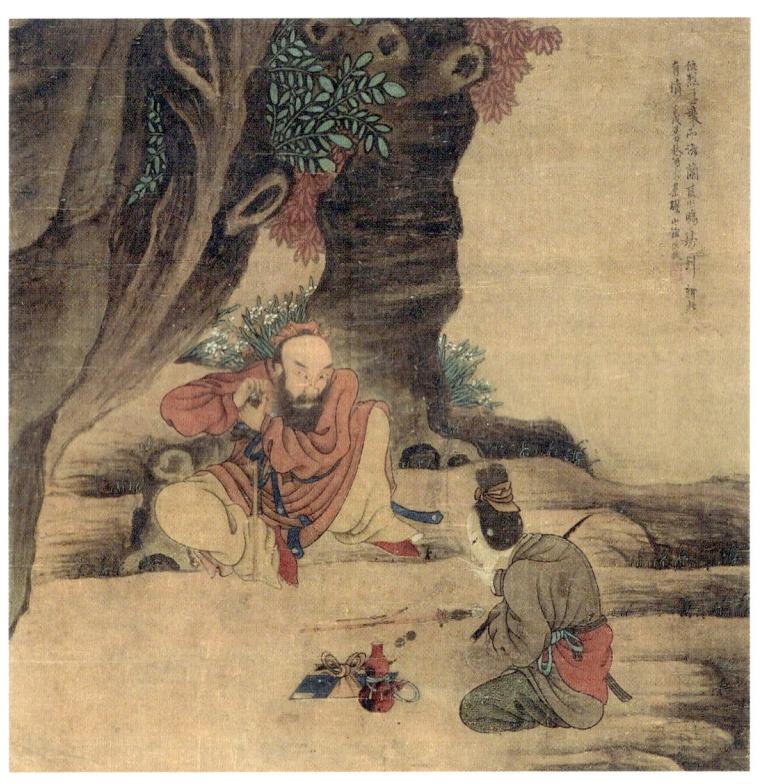

明　陈洪绶　铸剑图（局部）

祁彪佳

祁彪佳（1602—1645），字弘吉，号幼文，山阴人。天启二年（1622）进士，任福建兴化推官，累迁右佥都御史，巡抚苏松。义不降清，自沉湖死，谥忠敏。著有《远山堂曲品》《远山堂诗集》《祁忠敏公日记》等。祁氏性耿介，忠诚不屈，时望颇著。家有寓园，风景秀丽，明末名士多结社雅集于此。有《立夏日谢简之诸公社集寓园三首》《寓山士女春游曲》《寓山清明杂兴五首》等诗。

立夏日谢简之诸公社集寓园三首（其一）[1]

构得林居近水滨，朋来尚喜及余春。

似无乍有山容远，欲雨还晴天气新。

荷叶出池香片片，桐花落地锦鳞鳞。

当杯劝客须抛醉，修禊于今迹已陈。

（《祁忠惠遗集》卷九）

注　释

[1]谢简之：谢弘仪，一名国，字简之，号寤云，会稽人。万历三十八年（1610）中武科状元。历任山西都司掌印事、福建总兵官、广东

总兵官。兼有文武才，能诗文，与祁彪佳等名士结枫社。寓园：祁彪佳园林，在鉴湖之畔，水石秀奇，名流往来其间，雅集唱和不倦。

赏　析

寓园是祁彪佳的私人园林。彪佳有《寓山注》，称共建四十九景，无一水不秀，无一石不奇。康熙《山阴县志》载："寓园去府城西南二十里，中有寓山。崇祯初年，御史祁彪佳引水凿池，依山作亭。鼎革时，彪佳自沉于池而卒。园有八景，曰芙蓉渡，曰孤峰玉女台，曰回波屿，曰梅坡，曰试莺馆，曰即花舍，曰归云寄，曰远山堂。"寓园在越中园林中具有典型性，不仅风景秀奇，在明末还兼有重要的文化影响力。海内名士常雅集于此，诗咏富有。这首诗是祁彪佳寓园之咏的代表作之一，描述了立夏日与谢简之诸友结社唱和的场景，他们高谈阔论，把酒言欢，抒发了闲适自得之情。诗句清新而美，俯仰古今，气韵不俗。

黄宗羲

　　黄宗羲（1610—1695），字太冲，号南雷，学者称梨洲先生，浙江余姚人。从学刘宗周，列名复社。平生不仕，以课徒授业为主。《明史》开馆，不赴征召。晚岁讲学东南，先后主越中、甬上、海昌讲会，士人闻风翕然从之。其学博通经史百家，兼及天文、律历、象数。著有《明儒学案》《明夷待访录》《南雷文定》《南雷诗历》等书，大小逾百种，与顾炎武、王夫之并称明末清初三大思想家，与顾炎武并开清三百年学术端绪。

青藤歌[1]

　　文长曾自号青藤，青藤今在城隅处。

　　离奇轮囷岁月长，犹见当年读书意。[2]

　　忆昔元美主文盟，一捧珠盘同受记。[3]

　　七子五子广且续，不放他人一头地。[4]

　　踽踽穷巷一老生，崛强不肯从世议。[5]

　　破帽青衫拜孝陵，科名艺苑皆失位。[6]

　　叔考院本供排场，伯良红闺咏丽事。[7]

弟子亦可长黄池，不救师门之憔悴。[8]

岂知文章有定价，未及百年见真伪。

光芒夜半惊鬼神，即无中郎岂肯坠。[9]

余尝山行入深谷，如此青藤亦累累。

此藤苟不遇文长，篱落粪土谁人视。

斯世乃忍弃文长，文长不忍一藤弃。

吾友胜吉加护持，还见文章如昔比。

（《南雷诗历》卷三）

注 释

[1]青藤歌：徐渭，字文长，号青藤道士等。此诗为徐渭青藤书屋之古藤作歌。　[2]"离奇"二句：青藤书屋初名榴花书屋，徐渭早年在天池旁手植青藤一株，因改名青藤书屋。　[3]元美：王世贞，字元美，太仓（今属江苏）人。嘉靖间与李攀龙等后七子，接绪前七子李梦阳、何景明，倡导复古。王、李为后七子派领袖，主盟文坛数十年。　[4]七子五子广且续：王世贞等复古派人物，有后七子、后五子、广五子、续五子诸名目。　[5]踽踽：孤独貌。语本《诗经·唐风·杕杜》："独行踽踽，岂无他人，不如我同父。"　[6]孝陵：朱元璋明孝陵，在南京。"科名"句：感慨徐渭遭遇，言文坛为复古习气笼罩，徐渭科举既不第，又沦落下层，名不出越中。　[7]叔考：史槃，字叔考，会稽人。师从徐渭，与王骥德为友，为晚明知名曲家，

著有《冬青》等传奇十余种。伯良：王骥德，字伯良，会稽人。弱冠改写其祖父《红叶记》为《题红记》。后师事徐渭。著有《曲律》，校注《西厢记》。　　[8]长黄池：喻指称霸一时。吴国逐鹿中原，与晋会盟于黄池。　　[9]"即无"句：徐渭生前声名不彰，袁宏道随陶望龄游绍兴，读徐渭《阙编》诗一帙，不觉惊跃，为作《徐文长传》，鼓扬其诗文。黄宗羲谓徐渭诗文，即使无袁宏道揄扬，也不会最终沉埋无闻。

赏　析

　　一代畸人狂士徐渭，师从季本，为王阳明再传弟子。才华卓荦，工诗文书画，而一生穷困潦倒，"眼空千古，独立一时"。袁宏道《徐文长传》说他既不得志，乃放浪曲蘖，恣情山水，穷览朔漠，"其所见山奔海立，沙起云行，风鸣树偃，幽谷大都，人物鱼鸟，一切可惊可愕之状，一一皆达之于诗。其胸中又有勃然不可磨灭之气，英雄失路、托足无门之悲，故其为诗，如嗔如笑，如水鸣峡，如种出土，如寡妇之夜哭，羁人之寒起。当其放意，平畴千里，偶尔幽峭，鬼语秋坟"。黄宗羲推尊徐渭才学，感慨才士不幸，借"青藤"谱写一曲寒士的悲歌，论人兼论文、论世，奇气宕溢，俊语警人，精光照人。

明　徐渭　青藤书屋图

顾炎武

顾炎武（1613—1682），原名绛，字忠清，入清后更名炎武，字宁人，江苏昆山人。后居亭林镇，号亭林，学者称亭林先生。与黄宗羲、王夫之并称明末清初三大思想家。明末诸生，少时参加复社。入清后，参加抗清活动。失败后，离乡北游，考察关塞，研究边防。康熙时举博学宏词、荐修《明史》，均不就。学问渊博，对典章制度、郡邑掌故、天文仪象、兵农经济、经史百家、音韵训诂都有研究。著有《日知录》《肇域志》《亭林诗文集》等。顺治十八年（1661）春，由苏州抵达杭州，后乘船经钱塘江，至绍兴，登会稽山，谒禹陵，吊南宋六陵，至余姚晤故友吕章成。游踪所至，都有诗以纪其事，寄托兴亡感慨。

宋六陵

六陵饶荆榛，白日愁春雨。[1]

山原互起伏，井邑犹成聚。[2]

偃折冬青枝，哀哀叫杜宇。[3]

海水再桑田，江头动金鼓。

蹑屩一迁逡,泪洒攒宫土。[4]

(《亭林诗集》卷三)

注 释

[1]荆榛:灌木丛生。形容荒芜情景。 [2]"井邑"句:指宋六陵所在山间尚且有乡村聚落。井邑,乡村、城镇。《周礼·小司徒》:"九夫为井,四井为邑。" [3]"偃折"二句:指陵园里的冬青树枝弯曲下垂,枝头上的杜鹃鸟悲哀地鸣叫。 [4]蹑屩:穿草鞋行走。迁逡:逡巡,迟滞不前的样子。攒宫:古代皇帝、皇后暂殡之所。宋室南渡后,帝、后茔冢均称"攒宫",表示暂厝,收复中原后当迁葬洛阳地区。

赏 析

清初宋六陵规制尚存,但既经易代战火,难免荒莽。何况顾炎武谒陵之际,正是一个丝雨如愁的春日。诗人沿冬青偃折和杜鹃哀鸣的墓道蹑屩入园,更叠加了一层苦楚。然而,顾炎武在宋六陵逡巡徘徊,泪落"攒宫土",自非简单的伤春悲秋。"攒宫"之说,乃因宋廷营建宋六陵之初本有收复中原后回迁的宏愿,却终其一朝而不得,且攒宫在元初遭受了更大的摧残。如今沧海桑田,人事变迁。宋六陵尚在眼前,顾炎武又见山河陵夷,历史仿佛重演。其作为遗民之苦痛与无力,实不堪言。写宋六陵,与他之前写杭州、写禹陵相似,不过借古人之酒杯浇胸中之块垒罢了。

施闰章

施闰章（1618—1683），字尚白，号愚山，晚号矩斋，宁国府宣城（今安徽宣城）人。顺治六年（1649）进士，历官江西布政司参议等。康熙十八年（1679）举博学宏词，授翰林院侍讲。以诗著闻，与宋琬齐名，有"南施北宋"之称，又与王士禛、朱彝尊等并称"清初六家"。著有《学余诗集》《学余文集》《矩斋杂记》《蠖斋诗话》等。曾至兰亭、剡溪、曹娥江、禹陵等地游赏。

南明山大石佛 [1]

夙负南明约，年侵尚许攀。[2]

灵岩开绝壁，法相旧青山。[3]

石瘦松皆少，崖高雨未还。

三生谁记取，泉响自潺潺。[4]

（《学余集·诗集》卷三一）

注　释

[1] 本诗有诗题曰："往余过剡中，同年胡新昌海若曾约游南明寺，有大石佛。碑称齐僧护、淑，梁僧祐相继琢成。三世实一人，故又称'三

世石佛'。"据《施愚山先生年谱》记载，顺治十一年（1654）夏秋，施闰章"往浙中，由西湖至兰亭、剡溪、娥江、禹陵而返，著有《越游草》"。康熙十六年（1677）秋，施闰章游天台、雁荡，写作了一系列记游诗文，其中便有《南明山大石佛》。南明山：位于新昌县城西南，古称"石城山"，坐落着一座"大佛寺"，其中有号称"江南第一石佛"的弥勒大佛像。　[2]夙：向来，素来，一直以来。侵：接近，临近，将近。　[3]灵岩：这里指佛殿。法相：佛像。　[4]三生：本指三生石上，唐代李源与高僧圆泽禅师相约来世相见的佛教故事。此处应代指新昌大佛寺中的弥勒大佛像由同一个灵魂三世转生为僧护、僧淑、僧祐三人开凿而成的传说。

赏　析

"江南第一大佛"新昌弥勒大佛像，相传由同一个圣灵三世转生为僧护、僧淑、僧祐三人，于南北朝齐梁年间，在南明山岩体直接雕凿而成。佛像伟岸雄瑰，后人赞誉为"不世之宝，无等之业"。诗人南下浙东时，友人胡新昌致信，相约同游南明山，本诗序言及此事。诗首句说心里一直有一个与友人同游南明山的约定，年岁渐老终于实现。大石佛的整座佛殿是凿岩壁开成，佛像是山体本身，给诗人莫大震撼。然而，更让人敬佩的是开佛殿和佛像的人——三生实为一人，三世只为一事。这坚定的意志和不懈的精神，为人们永远记取。诗作整体风格高雅淡素，言之有物。对三生一业的颂扬，浪漫又坚实，正如王世禛《池北偶谈》所评："有风人之旨，其章法之妙，如天衣无缝。"

毛奇龄

　　毛奇龄（1623—1713），字大可、齐于，号初晴、秋晴等，人称西河先生，浙江萧山人。明诸生。康熙十八年（1679）举博学宏词，授检讨，预修《明史》；二十四年，充会试同考官。旋乞假归，不复出。毛奇龄与毛先舒、毛际可并称"浙中三毛"。著有《西河合集》。毛奇龄交游广泛，在绍兴挚友众多，与刘宗周、张杉、姜希辙、吴兴祚关系尤为密切。清初他先投身抗清，后因仇家构陷而流亡，姜希辙为其雪冤，张杉慷慨相助，并劝其归家。毛奇龄兼工诗词，词学《花间集》，兼有南朝乐府风味，在清初词家中，别开生面。

望海潮　越中怀古同秦淮海韵[1]

　　东南都会，会稽形胜，居然晋代风流。宛委赤书，蓬莱紫气，天连星宿牵牛。[2]佳境任优游。向山阴道上，秦望峰头。[3]万壑千岩，当时曾此镇扬州。　　依稀旧迹还留。怅兰亭人散，蕺里歌遒。[4]九曲风光，五湖烟雨，望中处处生愁。时泛小犀舟。

看西施西去,花谢妆楼。犹见若耶春涨,绿草遍芳洲。

(《西河文集·填词》卷四)

注 释

[1]秦淮海:北宋词人秦观。　[2]宛委赤书:宛委山曾是越中道教圣地,有修炼福地"阳明洞天"、道观龙瑞宫等。赤书,道教经书。[3]山阴道:古代由山阴城西南通向诸暨枫桥的一条官道。《世说新语》载王献之语:"山阴道上行,山川自相映发,使人应接不暇。"此说一出,山阴道从此声名远播,名士吟咏不绝。　[4]戬里:王羲之故宅在戬山下,后舍宅为戒珠寺。

宋　梁楷(传)　兰亭题序图

赏 析

  这首词围绕"晋代风流"而发越中怀古之情。会稽不仅风景优美,还有众多道家名胜。但昔盛难以再现,兰亭溪畔,不再见文人雅集,蕺山之巅,难再传琅琅书声,词人的感情深沉惆怅。在这人事变迁的无限感慨中,词人的思绪又转向了自然风光。"九曲""烟雨"形象描绘出绍兴水乡特色,"望中处处生愁"暗衬心绪复杂。词人乘小舟游若耶溪,叹西施离去,花谢妆楼,但年复一年,春去春来,以对自然的感叹结束全词,留给读者无尽遐想。全词串联了越中诸多人文遗迹,体现了词人深厚的学术文化修养。

查慎行

　　查慎行（1650—1727），初名嗣琏，字夏重，号查田；后更名慎行，字悔余，号他山、初白，浙江海宁人。康熙三十二年（1693）举人。四十二年，以献诗赐进士出身，入直南书房，授翰林院编修，数随驾巡游。雍正四年（1726）受弟查嗣庭案株连，后从宽放归，旋卒。其诗兼采唐宋，为"清初六家"之一，自朱彝尊卒后，为东南诗坛领袖。著有《他山诗钞》《敬业堂集》等。所作多写行旅之情，也有反映民生疾苦之作。

山阴道中喜雨

谢家双屐旧曾携，转觉清游爱会稽。[1]
白塔红亭山向背，赤栏乌榜岸东西。[2]
波光拂镜群鹅浴，竹气通烟一鸟啼。
野老岂知身入画，满田春雨自扶犁。

（《敬业堂诗集》卷二六）

注　释

[1] 谢家双屐：谢家，指南朝诗人谢灵运。谢灵运喜欢游山玩水，特

制登山木屐，屐底装有活动的屐齿，称谢公屐。这句意为自己曾经也像谢灵运那样，四处游览名山大川。　　[2]向背：有时相向，有时相背。乌榜：一种乌篷小船。榜，划船工具，这里代指船。

赏　析

　　山阴道，是绍兴的文化符号、山水地标。王羲之曾赞："山阴道上行，如在镜中游。"查慎行在这条古道上也同样获得了愉悦的感受。这首诗围绕"喜"字，以欢快清新的笔调描绘了一幅山阴道上雨中春景图。诗人首先惊喜于色彩对比之美，白塔与红亭，赤栏与乌榜。其次发现了这些景物构图之美，时向时背，时东时西，错落有致。再次注意到了远近、动静的搭配。第二联，白塔红亭是远景，赤栏乌榜则为近；第三联，波光群鹅是近景，竹气通烟则为远。这两联中，塔亭栏榜是静态之物，群鹅浴水、竹林鸟鸣，则颇具动态，体现春日生机之美。在这明净风光之中，又点染了扶犁耕田的老农，体现悠闲情趣。全然不知是人在画中，可谓妙笔，体现了"诗之灵在空不在巧"的艺术特点。

商 盘

商盘（1701—1767），字苍雨，号宝意，浙江会稽人。雍正八年（1730）进士，初以知县用，奉旨改翰林院庶吉士，授编修。后以养亲乞外补，历任广西新宁州牧、镇江郡丞、云南知府等职。乾隆三十二年（1767），随军远征缅甸，病卒于途。自幼工诗，佳句颇多。为绍兴"西园吟社"成员，西园十子之一。有《质园诗集》。又选八邑诗人之作辑为《越风》。

忆越中旧游诗 张氏龙吟山房[1]

郡城八山中，卧龙最雄长。

灯火十万家，罗列归指掌。[2]

旁有张氏园，年深未寔宾。[3]

我昔梓里游，芳时屡来往。

看竹忘主宾，听松宕尘坱。

曲房犹窈窕，高台真散朗。

龙去古潭空，鹤归暮林响。

题诗岩壁间，倏忽成畴曩。[4]

骑马丰宜门，南望心惝恍。[5]

（《质园诗集》卷二）

注　释

[1]忆越中旧游诗：此为商盘所作的越中名园歌，共十四首，分咏王氏十三楼、倪氏七宝林、董氏沐日楼、陶氏曹山精舍、沈氏十锦街、姚氏南华馆、俞氏曲池、刘氏柳西别业、张氏龙吟山房、范氏百草园、钱氏牡丹坞、陈氏六宜楼、邢氏采蕺山房、孟氏夕葵园。　[2]指掌：对事情非常地熟悉了解。　[3]窾寂（kāng láng）：宫室空貌。[4]畴曩：旧时，从前。　[5]丰宜门：明清时期北京城门之一，位于外城南城墙的西侧，俗称"南西门"。明嘉靖三十二年（1553），为防止异族入侵修筑外城而建。因位于京城右侧，又称"右安门"。

赏　析

　　这组诗是商盘对昔日越中行迹的深切回忆，所选对象是绍兴园林。诗人既歌咏了这些园林借助真山水而形成的清幽风景，体现了"越中之山水无非园，越中之园无非佳山水"的特点，也提及了园林的人文内涵、园林主人的精神气质。"题诗岩壁间，倏忽成畴曩"，又暗含今昔变迁、物是人非的慨叹。绍兴园林起始于春秋，兴于六朝，繁华于明末，湮没于清代，有着悠久的历史。据祁彪佳《越中园亭记》所载，绍兴历代园林二百八十余处，其中，明代尚存有一百七十余处。晚明江南兴起营建私家园林之风，绍兴文人亦热衷于此。文人对自然化的私人空间的营建和眷恋，既是对纷杂世俗的逃避，也是在相对封闭的文雅世界中追求自我精神世界。

明　仇英　园林清课图

袁 枚

袁枚（1716—1798），字子才，号简斋、随园，钱塘（今浙江杭州）人，祖籍慈溪（今属浙江宁波）。乾隆四年（1739）进士，授翰林院庶吉士，后知溧水、江宁、江浦、沭阳等县。袁枚诗主性灵，为当时所宗。著有《小仓山房集》《随园诗话》《子不语》等。袁枚与会稽诸生多有交往。乾隆四十七年，曾渡钱塘，至鉴湖，登快阁，过剡溪。乾隆五十七年，经由杭州、会稽到达天台山，下山后经嵊县（今浙江嵊州）进入四明山，再经杭州还家，历时三月。游历期间，多有诗作。歇宿过云门寺后的智永禅师书阁，参加过当时绍兴太守李亨特组织的"续兰亭禊饮会"，被时人赞为"老而有雄杰气"。

立夏日过天姥寺 [1]

正是清和节，刚来天姥峰。[2]

青莲曾入梦，老衲又鸣钟。[3]

覆水竹千挺，迎人云万重。

路旁雷劈树，正统四年封。

（《小仓山房诗文集》卷二八）

注 释

[1]天姥寺：天姥山中寺庙。　　[2]清和节：初夏。　　[3]"青莲"句：李白有《梦游天姥吟留别》诗。

赏 析

袁枚曾游天台山，彼时已入夏令，地气已升，暑热未至，正是清爽和暖之际。在登天台山的途中，他大概翻越了天姥山，经过了天姥寺，于是写下了这首流丽自然的律诗。因气候宜人，诗人的登山之旅想来也是悠然的，故远怀李白，近听禅钟，俯瞰竹海，仰接重云。他特别留意到路旁一棵被雷劈过的老树。"正统四年封"或是乡人传说，或是袁枚戏谑，事实如何也许并不紧要。袁枚写下这句话时，心境多半是明快的。

李慈铭

李慈铭（1830—1894），初名模，字式侯，后改名慈铭，字爱伯，一作惩伯，号莼客，晚年自号"越缦老人"，浙江会稽人。光绪六年（1880）进士，累官山西道监察御史。著有《白华绛柎阁诗集》。平时读书所得，按日记述，成《越缦堂日记》数十巨册，内容涉及经史百家与时事。曾家居绍兴城北光相桥、会稽云门、山阴柯山、湖塘等处。酷爱绍兴酒，曾在日记中多次记述绍兴酒文化，并且有不少吟咏酒的诗词。

夜沿官渎诸水村至东浦得两绝[1]

其一

村舍连鱼沪，儿童闹苇丛。[2]

饭余明月上，笑语水声中。

其二

夜市趋东浦，红灯酒户新。

隔村闻犬吠，知有醉归人。

（《白华绛柎阁诗集》卷丁）

注　释

[1]官渎：越国造船业的工厂。在今绍兴城北，今称"官渡"。《越绝书》："官渎者，勾践工官也。去县十四里。"东浦：位于原山阴县东北，因系地势低洼之处而得名。　　[2]鱼沪：捕鱼用的竹栅。

赏　析

　　李慈铭酷爱家乡的黄酒。这一组即兴之作，便是他对酒乡风情的生动描写。傍晚时分，沿着官渎河一路前行，沿途的村落热闹且欢乐。嬉戏在芦苇丛中的孩童，饭后在河埠头边闲聊的大人，以不同的方式感受着水乡生活的惬意。渐近东浦，虽然天色已晚，但沿岸飘扬着酒旗的酒肆里，坐满了细品慢尝的酒客。东浦，绍兴历史文化名镇，河流纵横，风光秀丽，早在宋代就成为绍兴酿酒业的中心。东浦人喜好酿酒，也酿得好酒，且不可一日无酒。尽兴痛饮，扶醉而归。绍兴关于文人与酒的诗，有的关乎雅集，有的关乎交友，有的关乎爱情，李慈铭的这组小诗却体现了浓郁的乡情，细腻生动，语言清新，纯粹白描，可谓别具一格。

蔡元培

蔡元培（1868—1940），字鹤卿，又字仲申、民友、孑民，浙江山阴人。清光绪进士，清末民初著名教育家、革命家、政治家，民主进步人士。关心绍兴文化事业，如支持古越藏书楼建设，参与编写和刊印绍兴地方志书与近代乡土文献，关注绍兴新学堂教育，创办明道女中，任绍郡中西学堂校长等。在哲学、文学、美学、心理学和文化史等领域均有论著。著作今人编为《蔡元培全集》。

赋得涛白雪山来[1]

忽讶山排雪，涛声入耳才。

好将飞白拟，漫说送青来。[2]

所向天空阔，何从与溯洄。

海门凭约束，地轴欲掀豗。[3]

浪孰乘风破，潮应带月回。[4]

喷时花皎皎，望去影皑皑。[5]

势欲吞沧海，音如听疾雷。

曲江抒妙咏,谁是谪仙才?[6]

(《蔡元培全集·第一卷》)

注 释

[1]此诗是清光绪十五年(1889)蔡元培应浙江己丑乡试第一场试卷的第四篇。　[2]飞白:即飞白书,书法中的一种特殊笔法,笔画中丝丝露白,像枯笔所写。汉代蔡邕所创造。送青来:送来绿色。王安石《书湖阴先生壁二首(其一)》:"一水护田将绿绕,两山排闼送青来。"　[3]掀阗:喧闹。　[4]乘风破:即乘风破浪,指船只乘着风势破浪前进,形容发展迅猛,也比喻志趣远大,勇往直前。[5]皑皑:雪白的样子。　[6]"曲江"二句:指在曲江宴上抒写绝妙的诗词,看看到底谁才是李白那样惊才绝艳之人。曲江宴,唐时春榜进士与朝廷官员,常于长安东南的曲江亭举行庆宴,起于唐玄宗时。此处指代考中进士。

赏 析

　　这是一首赋得体诗,采用摘取古人成语成句而限以为题的方式,题首多冠以"赋得"二字,故名。该诗体起源于唐代,科举考试若考诗赋,多要求用此体。蔡元培乡试该场,题目取自李白《送友人寻越中山水》"涛白雪山来"一句。诗作通篇紧扣李白诗中的越中山水,将对美景与李白的唐诗之路遗迹的赞美不着痕迹地结合在一起。

首句围绕"涛""雪""山""白"等核心意象，从形态与声音，近景与远景，细节与整体等方面铺排出雪涛排山、撼天动地的气势。末联尤其精妙，将"曲江"直接点出，表达了高中科举的自信，充满年轻人昂扬的自信与豪情，与气势如虹的浪涛相映成趣，又巧妙呼应了诗题的来源。诗作的表达独出机杼，无怪乎能从乡试胜出。

秋　瑾

秋瑾（1875—1907），初名闺瑾，字璿卿，后改名瑾，号竞雄，别署鉴湖女侠，浙江山阴人。自费东渡日本留学，加入光复会、同盟会。回国后曾执教浔溪女校，主持大通学堂校务。创办《中国女报》，作文提倡女权、号召救国，号召女界为"醒狮之前驱""文明之先导"。因筹划光复军起义，失败被捕，坚不吐供，从容就义。有其女整理编辑的《秋瑾女侠遗集》传世。

宝剑篇[1]

宝剑复宝剑，羞将报私憾。[2]

斩取国仇头，写入英雌传。[3]（一解）

女辱咸自杀，男甘作顺民。[4]

斩马剑如售，云胡惜此身。[5]（二解）

干将羞莫邪，顽钝保无恙。[6]

咄嗟雌伏俦，休冒英雄状。[7]（三解）

神剑虽挂壁，锋芒世已惊。

中夜发长啸，烈烈如枭鸣。[8]（四解）

（《秋瑾全集笺注·诗》卷下）

注　释

[1]此诗作于光绪三十三年（1907），时秋瑾正执教大通学堂并于暗中筹划武装起义。　[2]私憾：私人之间的怨恨。此句指因小节纷争而来的憾恨事，不可以用宝剑来报复。　[3]国仇头：国家仇敌的头颅。英雌传：史传未见此说，当与"英雄传"相对，指以女性英杰为传主的传记。　[4]"女辱"二句：女子受到侮辱都会用宝剑自杀以殉，男子却甘心忍受，委曲求全做了奴隶。　[5]"斩马"二句：如果能够实现尚方宝剑的功能，又为什么要吝惜这区区身体。斩马剑，汉代由尚方令铸造，供皇室使用，俗称尚方宝剑。　[6]"干将"二句：指丈夫圆滑世故，不作斗争以保全自身的行为，面对妻子是应当羞愧的。干将、莫邪，古代雌雄名剑，干将为雄剑，莫邪为雌剑。顽钝，不锋利。无恙，没有危险。　[7]"咄嗟"二句：讥嘲屈居人下、无所作为的人就不要装出英雄的样子了。咄嗟，叱责之声。雌伏，本义是母鸡趴窝，比喻退藏不进，无所作为。俦，同辈。　[8]中夜：半夜。长啸：撮口发出长声，指神剑发出长长的响声。烈烈：象声词。枭鸣：猫头鹰的鸣叫。民间以为不祥，但在军中有克敌制胜之意。

赏　析

　　秋瑾一生与剑结缘，写过不少直接描述剑的诗作。这首诗作于秋瑾起义前夕，表达了作为女性却勇于进取，斩取国仇头颅的雄心。诗作从对宝剑的一再呼唤入手,内含诗人以宝剑自况,表明为国事非为私仇的立场,以及作为女性革命者扬名后世的自我期许。这一名声,诗人称之为"英雌",跟传统"英雄"相对应。诗人多番描述了这种雌雄对照,呼应了诗人"身不得,男儿列;心却比,男儿烈"的侠女情怀。当然,诗作并不回避神剑暂时挂壁的社会现实,只是坚信自己会吐露震惊世人的锋芒。

周树人

  周树人（1881—1936），字豫才，原名周樟寿，浙江绍兴人。著名文学家、思想家、革命家，中国现代文学的奠基人。光绪二十四年（1898）求学南京，二十八年留学日本，后弃医从文。宣统元年（1909）回国，先后在杭州、绍兴任教。1918 年 5 月首次以笔名"鲁迅"在《新青年》发表中国现代文学史上第一篇白话小说《狂人日记》，是新文化运动的伟大旗手。周树人一生著作等身，在小说、散文、诗歌、文学研究等领域皆有代表性著述，后结集为《鲁迅全集》。

自题小像[1]

灵台无计逃神矢，风雨如磐暗故园。[2]
寄意寒星荃不察，我以我血荐轩辕。[3]

（《鲁迅全集·第七卷·集外集拾遗》）

注 释

[1]1903 年春，周树人在日本剪去辫子后照了一张小像，并在相片背后题写该诗作赠予许寿裳。诗作本无题目，1936 年周树人重写该诗时也未署题名。本题为许寿裳在纪念文章中所加。 [2]灵台：心。《庄

子·庚桑楚》："不足以滑成，不可内于灵台。"郭象注："灵台，心也。"神矢：罗马神话中爱神丘比特的箭。此处比喻民主主义的革命思想。"风雨"句：指当时的中国在腐朽王朝统治下，黑暗异常。风雨如磐，形容风雨极大。故园，故乡，此处指故国。　　[3]"寄意"句：指诗人有心将爱国之情托付空中之流星来转达，但国人蒙昧，并不能体察其衷情。寒星，流星。荃不察，语出屈原《离骚》："荃不察余之中情兮，反信谗而齌怒。"荃，原指香草，代指国君。荐，献给。轩辕，黄帝，此处指中国。

赏　析

　　这是青年周树人的一首言志诗，寄托着其对国事日亟、国人蒙昧的深切观察和忧虑。周树人留学后深受民主主义革命思想影响，诗作首句的"逃"而"无计"，正是这汹涌的思想冲击的写照。周树人用"断发"这一极具象征意义的行为表达了与旧思想、旧制度决裂的信念，却被个别同学厌恶，也令监督大怒。所以诗作二、三句痛陈故国风雨如晦，暗夜沉沉，自己欲做划破暗夜的流星而不被理解的苦闷。辫子象征着国民愚昧落后、冷漠保守的思想状态，周树人焦唇敝舌，大半是为了使国人获得剪辫的自由。这种努力和抗争，在诗作中便化作"我以我血荐轩辕"，以生命唤起民心的决绝姿态。周树人好友，也是该诗的受赠人许寿裳在《怀旧》中评此一句是周树人"毕生实践的格言"，确为知言。

参考文献

B

《白华绛柎阁诗集》,清光绪十六年刻越缦堂集本
《白氏长庆集》,四部丛刊影印江南图书馆藏日本翻宋大字本
《宝纶堂集》,清光绪十四年会稽董金鉴取斯堂活字本

C

《蔡元培全集》第一卷,中华书局1984年版
《草窗词集》,清长塘鲍氏刻知不足斋丛书本
《茶山集》,清乾隆木活字武英殿聚珍版书本
《诚斋集》,宋端平二年刻本
《崔颢集》,明铜活字印本

D

《杜甫集校注》,上海古籍出版社2015年版

F

《范仲淹全集》,中华书局2020年版

G

《高太史集》,明景泰元年刘宗文刻本
《耿拾遗诗集》,清康熙四十一年洞庭东山席氏琴川书屋刻唐诗百名家全集本

《顾逋翁诗集》，清刻本

H

《后村居士集》，宋刻本
《淮海居士长短句笺注》，上海古籍出版社2008年版
《晦庵先生朱文公文集》，四部丛刊影印明嘉靖刻本

J

《霁山集》，中华书局1960年版
《稼轩词编年笺注》，上海古籍出版社2018年版
《剑南诗稿》，明末毛氏汲古阁刻清初毛扆重修陆放翁全集本
《姜白石词编年笺校》，上海古籍出版社1981年版
《敬业堂诗集》，四部丛刊影印清康熙刻本
《菊涧小集》，民国十年上海古书流通处影印群碧楼藏汲古阁影钞陈起南宋六十家集本

K

《会稽掇英总集》，清道光元年山阴杜氏浣花宗塾刻本
《会稽县志》，明万历三年刻本

L

《李太白集》，宋刻本
《临川先生文集》，四部丛刊影印明嘉靖抚州刻本
《刘文成集》，四部丛刊影印明隆庆刻本
《刘禹锡集笺证》，上海古籍出版社2021年版
《刘子全书》，清道光四至十五年王宗炎重刻本

《鲁迅全集》第七卷，人民文学出版社 2005 年版
《栾城后集》，清道光十二年眉山三苏祠刻三苏全集本
《罗隐集》，中华书局 1983 年版
《骆宾王集》，清嘉道间江都秦氏石研斋校刻本

M

《梅溪先生后集》，四部丛刊影印明正统刘谦温州刻本
《孟浩然诗集校注》，中华书局 2018 年版
《孟郊集校注》，浙江古籍出版社 2012 年版

N

《南雷诗历》，清道光二十九年至光绪十一年海伍氏刻粤雅堂丛书汇印本

Q

《祁忠惠遗集》，清道光十五年刻本
《青藤书屋文集》，清道光番禺潘氏刻光绪十一年增刻汇印海山仙馆丛书本
《秋瑾全集笺注》，吉林文史出版社 2003 年版

S

《山中白云词》，清同光间仁和许氏榆园丛刻本
《绍兴府志》，明万历十五年刻本
《沈佺期宋之问集校注》，中华书局 2001 年版
《石仓十二代诗选》，明崇祯刻本
《说苑校证》，中华书局 1987 年版

《四明山志》，民国四明张氏约园刻四明丛书本
《宋濂全集》，人民文学出版社 2014 年版
《苏轼诗集》，中华书局 1982 年版
《苏学士集》，四部丛刊影印清康熙三十七年刻本

T

《唐五代诗全编》，上海古籍出版社 2024 年版
《亭林诗集》，清康熙潘氏遂初堂刻亭林遗书十种本
《天台山全志》，清康熙刻本

W

《王阳明全集》，上海古籍出版社 2011 年版
《文选》，清嘉庆胡克家重刻宋淳熙本
《文选补遗》，明嘉靖覆东山书院刻本
《文苑英华》，明刻本

X

《西河文集》，清康熙李塨刻西河合集本
《晞发集》，清康熙四十一年陆大业刻本
《先秦汉魏晋南北朝诗》，中华书局 2017 年版
《香山集》，民国十三年永康胡氏梦选楼刻续金华丛书本
《小仓山房诗文集》，清乾隆刻增修本
《玄英集》，清抄本
《学余集》，清康熙四十七年刻本

Y

《杨维桢集》，浙江古籍出版社 2017 年版

《袁桷集校注》，中华书局 2012 年版

《元诗纪事》，清光绪十二年排印本

《元稹集》，中华书局 2010 年版

《袁中郎全集》，明崇祯二年武林佩兰居刻本

Z

《曾巩集》，中华书局 1984 年版

《张岱诗文集》，上海古籍出版社 2014 年版

《赵清献公文集》，明嘉靖四十一年刻本

《质园诗集》，中国国家图书馆藏清乾隆刻本

《周汝登集》，浙江古籍出版社 2015 年版

《昼上人集》，《四部丛刊》影印江安傅氏双鉴楼影宋抄本

《竹斋诗集》，清光绪间徐幹刻邵武徐氏丛书本

《追昔游集》，清康熙四十一年洞庭东山席氏琴川书屋刻唐诗百名家全集本

后　记

　　本书是一项集体成果，由中共浙江省委宣传部统一策划，中共绍兴市委宣传部组织实施。中共绍兴市委宣传部委托鲁迅人文学院组织编撰团队，组建了近二十人的工作组，并邀请首都师范大学特聘教授黄灵庚先生担任顾问，武汉大学曹建国教授、南京晓庄学院张建军教授、地方文史专家方俞明、绍兴市博物馆何鸣雷馆长、中南民族大学张玖青教授、浙江师范大学孙晓磊副教授亦加入工作组。方俞明富有藏书，精于版本鉴定，又一力承担了配图任务。李圣华、张建军、方俞明、何鸣雷、郑骥最后审定全稿，统一体例。

　　绍兴历史悠久，名士云集，承载着厚重的浙江文脉。如何用"诗话"形式讲好绍兴故事，展现浙江的文脉主流、越文化的精神气韵、名家名篇的诗心文思，都是不小的难题。一是选目不易。历史上咏绍兴诗词不下十万首，名家名篇也逾千首。尽管邹志方先生等人曾编选《历代诗人咏绍兴》《稽山鉴水诗选》《浙东唐诗之路》《历代诗人咏鉴湖》《历代诗人咏柯岩》，越文化研究院也整理出版过一批绍兴文献，为我们的工作提供了有益的参考，但课题组还是面临选目的难题。一方面，适应时代新需求，本书编选不止于勾勒越中山水胜迹、历代题咏的大致轮廓，更在于以"诗话"形式反映区域人文风貌，呈现浙江文脉的发展流变，越文化丰富的精神内涵。另一方面，随着批评观念的变化，"绍兴诗词"也需要一种新的解读与阐释。因此，在参酌已有成果基础上，课题组细作梳理甄选，按照编撰要求，余姚、萧山不计，初选得四百首，进而逐篇衡量删裁，剔除前人误识、作者存有争议之篇，最后定下目前的规模。二是达意难。课题组经反复研讨，确定编撰宗旨和准则：以名家名篇为主；诗词关涉名山名水、名胜名迹，或历史事件、文学事件；关注浙江文脉、越文化精神；讲好绍兴各县市、绍兴与浙江、浙江与全国的故事；既重作品艺术价值，又留意其思想文化内涵。这几个标准可谓不低，既要讲好浙江故事，又要兼顾艺术评析，在有限的字数内很难做到，所以不得不有所取舍。三是注释难。注解是中国传统学问中的一门实学。注释准确，识得弦指之妙，是注解的两个基本要求，然皆非易事。若无素积，又不勤事考据，而仅择释字面，疏于发覆，往往不免徒增讹误、杂乱，误导读者。

  本书在编撰过程中强调勤查史料，考据辨析，注释力求准确。撰者各用其力，讲求解题注释准确，赏析有见解新意。限于时间，课题组虽投入不少心力，又反复修订，但讹误在所难免，祈请读者批评指正。最后要特别感谢中共绍兴市委宣传部的指导和支持，感谢浙江古籍出版社的精心编校，其敬业精神令人感佩。

本册编写组
2024 年 11 月

图书在版编目（CIP）数据

风光数会稽：绍兴 / 丛书编写组编. -- 杭州：浙江古籍出版社，2024.11. --（诗话浙江）. -- ISBN 978-7-5540-3191-9

Ⅰ．I222.72

中国国家版本馆CIP数据核字第2024DD7653号

诗话浙江
风光数会稽
丛书编写组　编

出版发行		浙江古籍出版社
		（杭州市拱墅区环城北路177号　电话：0571-85176989）
责任编辑		吴宇琦
责任校对		张顺洁
封面设计		张弥迪
责任印务		楼浩凯
照　　排		浙江大千时代文化传媒有限公司
印　　刷		浙江新华数码印务有限公司
开　　本		880 mm×1230 mm　1/32
印　　张		8.25
字　　数		180千字
版　　次		2024年11月第1版
印　　次		2024年11月第1次印刷
书　　号		ISBN 978-7-5540-3191-9
定　　价		42.00元

如发现印装质量问题，影响阅读，请与本社印制部联系调换。